あっし
tomorrow

落合 久仁子

文芸社

プロローグ

「先生！　わたしたち、ちょっとお願いがあります。」

顔を赤らめた5年2組の女の子7人が、突然職員室に入ってきた。

「あら、皆さんおそろいでいったい何事かしら？」

と、担任の山森先生は、とぼけ顔で言った。

すると女の子の一人が、

「わたしたち、もうがまんできません。先生は、もう少しがまんしてちょうだいって言いました。でも、もうこれ以上無理です。」

と、強い口調で言った。

その勢いに、

「先生だって、何もしないでいたわけじゃないのよ。」

と、山森先生は体を女の子たちのほうへ向き直した。

この言葉に女の子は、

「じゃあ、先生は、毎日、一日中、あつし君の隣にすわっていられますか。もちろん給食の時もです。それに、何か月も洗濯をしていないような服、お風呂にだって、いつ入ったかわからない体、特に頭なんていったらベタベタして最悪。」

山森先生は返す言葉が何もなかった。

「分かったわ。確かに私だって、がまんしきれないわね。毎日、トイレのような臭いが自分のまわりでしていたら、たまらないわね。きっと、給食なんか食べていられないかもしれないね。」

と山森先生。

「もう少しと言われながら、10か月もがまんしてきたわたしたちのことも、考えてください。」

と、いつもは物静かなマキが言った。

この言葉に山森先生は、

「何とか方法を考えましょう。何とかなるわよ。」

と言ってしまった。クラス担任としては、きちんと応えてあげなければいけないという思いではあったが、先生は頭をかかえて後悔した。何とかなるなら、もう、とっくに何とかなっているはずだと。

思い起こせば、4年生の担任から、いろいろと聞いてはいたが、まさか始業式の当日に素肌にオーバー1枚と半ズボン、しかも素足で登校してくるとは思ってもいなかったが、それが事実であり、現実であった。

始業式の一件以来、山森先生は、何度、家庭訪問をしただろうか。しかし、その度に保護者との約束は守られず、困り果てた。

あつしの母親宛ての長い手紙も、いく度となく書いては、あつしに渡した。

届いていたのかどうかは、はっきりしていないが、一度として返事が届いたことがない。

あつしの身なりも生活も、一向に良くなる様子がなかった。

そろそろ、少女から乙女になりかけてきている彼女たちには、がまんのしようがないのも、当然なのかもしれない。

この物語は、ある事実をもとに書かれたものである。

多くの人たちの、数えきれない支えの中で力強く、しかも心優しく成長していく、11歳の男の子『あつし』。

また、その子に関わった多くの人々の人間としての成長をつづったものである。

この5年生の女の子の騒動をきっかけに、あつしの記録が始まった。

あつし

「なんだよ、なんだよ、あいつら。このオレがいったい何だっていうんだよ。まるで汚いものや、やっかいものみたいに言いやがって、むかつくよな！」

あつしは、5年生になってから、女の子たちの自分を見る目が、日増しにきびしくなってきているのを感じ、毎日がたまらなくゆううつで仕方がなかった。

実際、女の子たちは、あつしが動くたびに「近寄らないで！」、ひとこと言うたびに「あつしに言われたくないね！」と、文句をあびせかけてきた。まるで存在そのものを否定するかのようだった。

こうなると、できることはただ一つ。学校に来ないことだとあつしは思った。でもそうすれば、生きていくために必要な給食を食べることができなくなる。実行することは不可能だった。

その次にできることは、特に教室では、できるだけじっとして、あまり空気を動かさず自分の存在を消し、臭いをまき散らさないようにすること。とりわけ、女の子たちには自分から近づかないことだと思った。

でも、すっかり自分の臭いになれきっているあつしにとって、このことは必要以上に神経を遣わなければならないことだった。

こんな学校での生活を少しでも良くしたいと、山森先生は何度もあつしの家を訪問した。そして、お母さんに食事のこと、体の清潔のこと、衣類の洗濯について具体的に話していたがお母さんは、何一つとして先生の話に耳をかたむけないばかりか、あつしによけいつらくあたるだけだった。

あつしは、（これくらいの話でうちの母ちゃんがきちんとやると思っているのかよ）と、母親をいつもさめた目で見ていた。

すでに、そんなことはどうでもいいと思う気持ちの方が強かった。

それよりも、担任の山森先生が、いつも自分のことを気にかけてくれていることの方が嬉しかった。

あつしは確かに、ほとんど風呂にも入らず下着もなし。上着はいつも同じで洗濯もしない。その他、生活に必要なものなど何も持っていない。顔も洗わなければ歯みがきだってしていない。

そんな自分が臭いと言われ、女の子たちにきらわれても仕方がないと思っていた。

それとは別に、今年この学校に来た保健の先生が、自分をじっと見つめる視線が気になっていた。

（あっ、こいつもオレのことを臭いとか汚いとか思っているだろうなぁ……）と思うのと同時に（こいつ、何か変だなぁ）と、動物とも言える感覚で、いつもとは少し違う雰囲気を感じとっていた。

数日後、あつしは山森先生に、

「明日の3時に保健室に来てね。ちょっと話があるの。」

と言われた。

「はい。」

とあつしはぶっきらぼうに答えたが、（今度は何だっていうのかなぁ、また文句か？いいかげんにオレと関わるのはやめてもらいたいね）と思った。

それでもあつしは、次の日、約束の時間に保健室に行った。そうしなければ山森先生に悪いような気もした。

教室の前から、ゆっくりとした足どりで保健室に向かった。行く途中、廊下ですれちがう人たちの視線も気になった。

きょろきょろしながら、その気持ちをまわりの人に知られないように気をつけて歩いた。保健室という部屋の表示が見えた時には、緊張で冷や汗をかいていた。

保健室の前に来てからも、何となく入りにくかったが、部屋の前でうろうろしていてはもっと変に思われそうだったので、思いきってドアをノックした。

「はい、どうぞ。」という明るい声が返ってきた。わけもなくほっとした。

今日、あつしが着ているものは、汚れてゴワゴワになったグレーのフード付きコートと、茶色の半ズボン。上ばきの代わりに、学校の名前が書いてある、かたく冷たい青いビニールのスリッパだ。

そのせいか、保健室に入った時は、ほんわかと心地いいあたたかさに、体がつつまれるのを感じた。この保健室全体のあたたかさに比べると、いかにも寒々とした自分が、急にみじめに感じられた。それでも、

「先生、山森先生に、3時に保健室で待っているように言われたので来ました。」

と保健の先生に伝えることができた。

「そう、私も山森先生から聞いているわよ。ここへ来てすわって待っていたら？」

と保健の先生は言った。

すすめてくれた椅子は、何人かがすわれそうな長さがあって、背もたれもついていた。あたたかそうな細長い布団みたいなものも置いてあった。

あつしは何となくすわりにくくて、椅子の横でこきざみに足ぶみをしながら立っていたが、また椅子をすすめられたので、ペコンと頭を下げて長椅子の一番はじの方にすわった。

細長いふわっとした布団の心地よさが、お尻から体全体に広がっていく。両手をその布

団とお尻の間にはさんでみた。

もっといい感じ。

保健室なんて、いつも前を通るだけで、じっくり見たことなんてなかった。まして、中に入って椅子にすわるなんて初めてのことだった。あつしは、ここにあるたくさんのものが、とてもめずらしく、それでいて自分を包んでくれるような、不思議な場所であることを知った。

5分ほどして、

「待たせちゃってごめんね。」

と山森先生が小走りに入ってきた。そして、

「ここはあたたかくていいね。」

と言いながら、あつしの頭の上に手を置こうとした。

あつしは、とっさにその手をよけた。どうしてよけたのか、あつし自身もよく分からなかった。

「あら、ごめんね。いやだった?」

と山森先生は軽く受け流した。あつしは首を横に振った。でも、よく考えてみれば、頭を優しくなでられたり、手を置かれることなんてなかったような気がした。頭に手が近づくのは、いつもなぐられる時だったことを体が覚えていた。山森先生は続けた。

「今日は、あっし君の家でのようすを少し話してもらおうと思って声をかけたのよ。どう、話してくれる？」

「………」

あつしは下を向いたままだまった。なぜ今そんなことを話さなければならないのか分からないし、母親の悪いところを話す気分にはなれなかった。

「あつし君は、今、困っていることはないの。」

と言う先生の言葉に、

「うん。」

と、どこかにうそをふくんだような返事をした。

「そう。ところで、君の着ているものだけど、いつもだれが洗ってくれるの。」

と先生が聞く。

「洗濯は自分ですることになっているから、いつも自分で……。」

と答えたあつし。

「自分でするなんてすごいじゃない。先生のうちの子なんか、自分の気が向いた時に少しやるくらいよ。」

と先生。そしてまた続けた。

「でも、お母さんやおばあちゃんも手伝ってくれるでしょ。」

「…………」

無言のあつし。

「ところで、いつから自分で洗うようになったの。」

と先生はつづけた。

「えぇと……オレが保育園の年長の時。」

と、あつしはごくあたりまえのように言った。

「まさかでしょ！」

とおどろく山森先生に、

「ほんとだよ！」

とあつしは強い口調で言いかえした。

「どうして、そんなに小さい時から自分でやるようになったの。」

と身を乗り出しながら山森先生はあつしに聞いてきた。

「確か、オレが保育園の年長の時に、保育園でおもらしをしちゃってさ、その汚れたパンツを持って帰ってきたときだったような気がするな。」

「何かのまちがいじゃないの。」

あつしは、母親を悪く言いたくない気持ちもあったが、なかなか信じてくれない先生に、

「本当だよ！　お母さんは、オレが汚したものだから『自分で洗え！』と言ったんだよ。」

と、さらに口調を強くした。

あつしは、寒い冬、冷たい水道の水に、かじかむ手で自分のパンツを洗ったことを、つい昨日のことのようにはっきりと思い出していた。

「そう、それは大変だったでしょ。」

と先生は言った。あつしは、だまってコクンとうなずいた。

「それにしても、小さすぎて、うまく洗えなかったでしょ。」

との言葉に、あつしはまたコクンとうなずき、言葉を続けた。

「だからさ、洗わないでそのまま乾かしたこともあったから、保育園の友だちに『あつしは、おしっこくさい』って言われたこともあったよ。」

「そうだったの。それはつらかったね。ところで今はどうしているの。」

「今？　今はほとんど洗っていない。洗おうと思っても、いつも洗濯機には他のものが入っているし……うまくできないし。このごろは、面倒くさいっていうことの方が強いかもしれないな。」

とあつしは言った。この後、どう話を続けていいのかわからない山森先生は、

「そうだね。」

と言った後は、声が出せないまま、保健室から音が消えた。

そして、話を引き継ぐかのように保健の関根先生が話しはじめた。

「そんなに大変だったなんて、ちっとも知らなかったわ。ところで、ご飯はどうしているの。」

「ちゃんと食べてるよ！」

「朝もきちんと食べてきているなんて、すごいわね。」

と関根先生。

「でもさぁ、朝は食べたり食べなかったりすることもあるけどね。」

と、あつしはあわてて付け加えた。

「なぁんだ。やっぱり私と同じで、朝ご飯を食べてこない時もあるのね。」

と関根先生は笑った。

あつしは、この言葉を聞いてほっとしたような嬉しいような気持ちだった。

それというのも、朝ご飯を食べないことがあるのは、自分だけでなく学校の先生にもそんなことがあると思うと、今までより先生と自分が近づいたような気持ちになった。

関根先生はまた続けた。

「あつし君は、朝起こされてもなかなか起きないでしょ。」

「朝は、だれも起こしてくれないから、いつも一人で起きているよ。」

とあつしが言うと、

「へえー！　さすが高学年ね。」

と、関根先生はわざとオーバーに感心してみせた。

「でもさ、オレ起きられないことも多いからね。」

「そうよね。寒いと布団から出られなくて、あと1分、あと1分ってなるのよね。」

「うん。それに、もし起きられてもオレの朝ご飯もないしね。ぎりぎりまで布団に入っていることの方が多いかな。」

この言葉に疑問を感じた関根先生は、

「その時、弟は朝ご飯どうしているの。」

と聞いてきた。

「たぶん、お母さんやおばあちゃんと食べていると思うけどな。」

「えっ！　それってどういうことなの。」

とあつしの顔をのぞきこむ先生。

「う〜ん、オレが起きるころには、もうみんな食べ終わっていることがほとんどだから、よく分からないよ。」

と、あつしは答えた。

あつしは、二人の先生と話しているうちに、だんだんと何とも言えない怒りのような気持ちを感じていた。そして、家族から愛されていない自分を、あらためて認識しはじめた。

「じゃあ、朝ご飯はほとんど食べていないということなのね。」

と、山森先生が聞く。

「まぁ、そんなところだね。時間があって、食べられるものが何か残っていれば食べてくるし、時間がないときや、食べるものが何もない時は食べてこないって感じだよ。」

「そうだったの。」

と、ため息まじりの先生たち。

「うん。」

と小さくうなずいたあつしは、

「給食、待ちどおしいね。」

と言う先生に、「うん。」と笑顔を見せた。

「ところで、夕食は一人じゃないでしょ。」

「いつも一人だよ。」

二人の先生は、目を合わせ自分たちの耳を疑った。あつしから聞くことの一つ一つが、信じられないことの連続だったようだ。

この時あつしは、二人の先生の表情をしっかりと読みとり、自分のおかれている状況が、そんなにおどろくべきものであることを理解しはじめた。

まだ二人の先生の質問は続く。

「どうして夕食も一人なの。」

「オレ、週に3回そろばんに行っていて、帰ってくるのが少し遅くなるから、みんなは、その間に食べ終わっていることが多いから。」

「でも、君の夕食は、お母さんが作ってくれてあるんでしょ。」

と保健の先生は念を押すように聞いた。

「うん。」

と答えるあつしの返事に二人の先生は胸をなでおろし、やっと一息ついた。

それもつかの間。あつしの次の言葉にまたおどろいた。

「時々食べないこともあるけどね。」

「どうして？」

と二人の先生が同時におどろきの声をあげた。

「それは、オレが早く寝ちゃうから。」

「そんなに早く寝ちゃうの？」

「うん、学校から帰ってくると、疲れちゃって寝ちゃうからね……でも、それは、そろばんのない日だけどね。」

と、あつしは意外とあっさりと言った。

「そろばんのない日って言うけど、じゃあ君が夕食を食べるのは、そろばんのある日だけなの？」

「うん、だいたいがそう。」

「だいたいがそうって言っても、あつし君が寝ている時には、お母さんが声をかけてくれるでしょ。」

「オレが覚えていないのかもしれないけど、今までにそんなことはなかったね。」

「つまり、そろばんがある日は2食で、他の日は学校の給食だけということになるけど。」

「まぁ、そういうことだね。」

あつしは、うす笑いをうかべた。

「そうなんだ。」

と先生たちは力なく肩をおとした。

ちょっとして、

「そうだ！」

と関根先生が立ち上がった。この動きと声にびっくりしたあつしは、先生の顔をみつめた。

関根先生は、にっこり笑いながら、

「ねえ、保健室には牛乳が何本かあるけど、カフェオレでも作って飲まない？」

と言った。

「カフェオレ？」

あつしがくり返した。

「そう、カフェオレ。牛乳たっぷりで、ほんの少しだけコーヒーを入れて、甘いのが好きな人は、砂糖を足して甘くして飲む飲み物のことよ。体もあたたまるし、何よりおいしいわよ。」と山森先生が笑顔で言った。

（コーヒー。あんなにまずい苦いだけの飲み物……）とあつしは思った。でも、あまりにも山森先生が、おいしいと言い、すすめてくるので、とりあえず飲んでみることにした。

関根先生は、牛乳、砂糖、インスタントコーヒー、カップ、スプーンを用意したと思ったら、あっと言う間にあたたかいカフェオレができ上がった。あつしはこの様子を見ているだけで、何とも言えない満たされた気持ちを、自覚のないところで味わっていた。

ぼーっとしていたあつしの耳に、

「さぁ、できたわよ。あつあつのカフェオレ、やけどしないように気をつけてよ。」

と、山森先生の声がした。

手渡されたカフェオレに、白い泡がたっている、うす茶色の飲み物。カップから両手に、じんわりとあたたかさが伝わって気持ちまでほっこりして、何だか知らないけど、にやにやしちゃうあつしだった。

スプーンに砂糖を山もりにして、1杯、2杯と入れて、かきまぜる時もカップのふちにスプーンが当たる『カチャカチャ』という音が、なぜか心を落ち着かせてくれた。

熱いカフェオレをカップのふちからすするように、一口飲んだ。牛乳のふわっとした、やわらかさ、コーヒーの香りが何とも言えず、1回でこの飲み物が好きになった。

この後、あつしは2回もおかわりをして、二人の先生たちは目を細めた。


今、あつしは4人で暮らしている。

お母さん、おばあちゃん、それから自分とはお父さんがちがう弟といっしょに。

1万7千円のゆくえ

「あ～ぁ、腹へったなぁ。何か食いてえなぁ。」

きょうもあつしはそんなことを考えながら、街をぶらついていた。2月の関東地方は北風が強い。やせている体には、まさに骨身にしみるほどに感じられた。

そんなあつしの目の前に、自動販売機が見えた。いつもは何も気にならないコンビニの前。今日は、自動販売機に品物を入れるために、ドアが大きく開いている。しかもお金の入っているところが丸見えになっていた。

係のお兄さんのような人は、大きな台車を動かすことに一生懸命で、お金が見えていることは全く気にしていないように見えた。

とっさに（今がチャンス！）と、あつしの体が感じ、心臓の高鳴りに自分でもはっきりと気づいた。人通りはあるが、だれもあつしの動きなど気にとめてはいない。

何気なく、そっと自動販売機に近づいた。

そして、その前を通りすぎようとしたその時、自分でも意識していないのに、左手が勝手に販売機の中に伸びていった。

その手が自分のもとへもどってきた時には、一かたまりのお札をにぎっていた。

お金をとってはいけないという社会のルールを知っていても、空腹という現実の前では、何の役にもたたなかった。

その左手を、１枚しか着ていないトレーナーの中へ押しかくしながら、足早にコンビニの前からはなれた。自動販売機に品物を入れていた係の人は、何も気づかないようすで仕事を続けているし、さっきすれちがった人も、何事もなかったように歩いている。

（気づかれずにすんだ！）と、ほっとすると、高鳴っていた心臓も、いつの間にか存在を感じなくなっていた。

次の角で、裏通りに入った。あたりを見まわしたが、だれもいない。

トレーナーの中から左手を出した。

わしづかみにされたお札は、かろうじて指の間にはさまっているものもあって、しっかりと持ち直した。

いったい何枚あるのか……と思い、数えてみた。1枚、2枚……と。千円札が17枚あった。1万7千円だ。

今までにこんなたくさんのお金を手にしたことは一度もなかった。このお金をどう使ったらいいのか、見当もつかなかった。

なぜだか、返さなければいけない、という気持ちは全くなかった。

しばらくして、あつしは、前に一度行ったことのあるラーメン屋に行くことにした。さっきのコンビニからは、歩いて10分くらいのところだ。少したためらいもあったが、思いきってラーメン屋のドアを開けると、前の時と同じ、いせいのいいおやじさんから「へい、いらっしゃい!」と声をかけられた。

「ラーメンセット一つ。」

とあつしが言うと、おやじさんは、

「えっ! 何だって? 聞こえねぇな!」

と、大きな声で言い返してきた。あつしはもう一度、

「ラーメンセット一つ。」

と、さっきより大きな声で言いなおした。

今度は、「あいよ!」という返事にほっとした。

水の入ったコップをカウンターごしに置きながら、おやじさんはあつしに、

「きょうは、まけてやらなくて大丈夫か？」

と聞いてきた。

前にあつしが来た時に、20円足りなかったことを覚えていたらしい。

(何でそんなことを、わざわざ他の人がいる時に言うのか！）と、腹だたしく思いながら、

「大丈夫だよ。オレだって、いつも金がないわけじゃないよ。この前はまけてもらったけど、きょうは、つりはいらねえよ。」

と、千円札をひらつかせてから、カウンターの上に置いた。あつしは、こうすることが、かっこいいと思った。

すると、

「つりはいらねえよって、ラーメンセットは520円だぞ！　もっと金を大事にしろ！　おまえがそんなことを言うのは、10年どころか、20年も30年も早いぞ！」

と、あつしの前に、つり銭をたたきつけるようにビシッ！　とおやじさんは置いた。

あつしは何だか受け取りにくいような気もしたが、おやじさんの目つきがとてもこわかったので、おつりの480円を、すぐにズボンのポケットにしまった。そしてコロッケ、ラーメン、つけ物を流し込むようにたいらげた。鼻の頭には、うっすらと汗をかいていた。

「ごちそうさん。また来るね。」

と言って、後ろをふり向きもせず、おやじさんとは目をあわせられないまま、ラーメン屋を出た。

次にあつしが向かったところは、このへんの子どもたちがよく行く駄菓子屋だ。

ラーメン屋で、とりあえず空腹を満たしたが、前からどうしても欲しかったものがあった。それは、5個の丸い形のふわふわのちいさなカステラの上に、チョコレートがかかっていて、焼き鳥のように串ざしになっているものだ。（今ならそのカステラが買える）と思い、わき目もふらずに店に入り、すぐおばさんに言った。

「これ20本！」

と、お目当てのものを指した。するとおばさんは、
と、目を丸くして聞き返してきた。

「20本？」

と、すぐにあつしは返事をした。

「うん。」

と、おばさん。

「はい。400円だよ。」

紙袋に入れられたお菓子を受け取ろうとしたちょうどその時、自分の後ろに人の気配を感じた。

「よう、あつし！」

と、よくこの店にたむろしている同じクラスの男の子３人だった。

「いいな、いいな。そんなにたくさん。１本ぐらいくれてもいいじゃん。」

と、男の子たちは口々に言い出した。

あつしは、せっかく買ったお菓子だから、だれにもあげたくなかった。

でも、そのうち男の子たちは、

「あつし様、どうか１本めぐんでください。」

と言ってきた。

ふざけ半分だとしても、名前に様をつけて呼ばれるのは、なかなかいい気分だった。

チョコレートのお菓子は３本へったけど（それでもいいや）と、自分の中で納得した。

今日、残ったお金は、１万６０８０円。


ところが、次の日、あつしが自動販売機からお金をぬすんだことをマンションの上の方から見ていたという人が現れた。その人からの電話で、この事件が学校の先生たちの耳に届いた。

あの日、あつしは、自分のはるか上の方で見ていた人の動きまでは気づいていなかった。

電話の内容はこうだった。

りーん、りーんと呼び鈴が鳴る。

「はい、ひばりヶ丘小学校でございます。」

「あの〜、校長先生はいらっしゃいますか。」

「わたしですが……何か？」

と校長。

「実は、おたくの学校の市村あつし君が、きのうの夕方、コンビニの前の自動販売機からお金をぬすんだのを見ていた者ですが。」

「それは本当ですか？」

とおどろく校長。その声に、職員室にいた他の先生たちは、一斉に校長の方を見た。

「ちょっとお待ちください。」

と校長は自分の部屋に入り、そっとドアをしめた。そして話を続けた。

「お待たせしてすみませんでした。もう少しくわしくお話ししていただけますか？」

「ええ、きのうの夕方の……確か4時ごろだったと思います。洗濯物を取りこもうとして、ベランダに出ていたら、あつし君が自動販売機の中から、お金を取っているところが見えました。わたしの家は3階ですから、よく見えました。確かに、あれはあつし君でしたし、お札をにぎっている手も見えたのです。」

「そうですか。」

「お店の方には、わたしからお話ししました。それで警察へという話も出たのですが、まだ子どもですし、お家の状況も多少は分かっていますから、警察に連絡する前に学校に相談すれば、何か良い方法が見つかるのではないかということになって……」

「それはどうも、お心遣いありがとうございました。さっそく本人からもよく話を聞きまして、しかるべき対応をとっていきたいと思います。」

「よろしくお願いします。」

「では、きょうはこれで失礼いたします。」

と、校長は電話を終わらせた。

職員室の空気がざわつきはじめ、何人かの先生たちが校長の指示を受けて動いた。

やがて、校長室に山森先生、教頭先生が入って行った。あつしは、小さく肩をすくめてソファーにすわっていた。

2、3分して、山森先生はあつしの家に電話をしていた。心なしか電話のボタンを押す指の力が強いように見える。20回ほど呼び出し音が鳴って、やっとつながった。

「市村さんのお宅ですか?」

「あんた、だれ?」

「あつし君の担任の山森です。」

と言うと、「チッ!」と電話の向こうで舌打ちの音。こんなことをするのは、きっとおばあちゃんだろうなぁ……と、あつしは思った。

「実は、きのう、あつし君がコンビニの前の自動販売機から、お金をぬすんだのではないかという知らせが、近所の方から学校に連絡が入りました。」

と山森先生が切り出すと、

「えっ！　またかよ！　困ったことばかりしでかすやつだよ、あのばかは！」

とおばあちゃん。

「母ちゃんは仕事でまだ会社だよ。」

「そうですか。困りましたね。おばあちゃんが、学校にいらしていただくわけにはいきませんか。」

「あんなやつのために、またあたしが学校へ行くのかい？」

「ええ、今すぐ学校に来ていただきたいのですが。」

「面倒ばかりかけやがって！　そのまま警察にでも、どこにでも突き出してくれりゃいい！」

と、おばあちゃんははきすてるように言った。

「そんなこと言わないで、とにかく学校にいらしてください。」

ここまで話したところで、返事もなくガチャッと電話がきれた。でも、とりあえずおばあちゃんは来るらしい。

「まったく他人ごとだな。だから、あつし君がこんなことになっちゃうのよ。もう少し手をかけてあげればいいのに。」

と、山森先生は独り言を言い、受話器を置いた。

あつしは（またあのばばあが来るのか）と思いながらも、この場から逃げ出すわけにもいかず、校長室の椅子に体をあずけていた。それからは、おばあちゃんが学校に来るまでの間に、あつしへの事情聴取が先生たちによって始められた。

教頭先生が話しはじめた。

「あつし君、君はここになぜ呼ばれたかわかるな。きのう学校から帰ってから、寝るまでの間に、どこで何をしていたか覚えているだろう。正直に話してごらん。」

と、おだやかな口調だが、するどい質問に、あつしの体はこわばった。でも、そんなこと言われても、話す気になんてなれない。

「えーっ。」

と、しらばっくれた。

すかさず、

「えーっ、じゃないでしょ！　きちんと話してごらんなさい！」

と山森先生。

大人3人に取り囲まれて、これ以上だまっていることができなくなったあつしは、下を向いたまま、小さな声で話しはじめた。

「えーと、近くの公園に行って、少し遊んでからラーメン屋でラーメンセットを食べて、駄菓子屋でチョコカステラを買って……最後にゲームセンターに行って9時ごろには家に帰りました。」

と、ここまで言って顔を上げ、向かい側にすわっている校長先生の方をちらりと見た。

「それだけ？　一番大事なことを言ってないんじゃないの？」

と校長先生。

「それだけだよ。」

とあつしは上目遣いに、校長先生を見すえるように言いきった。

「でもね、あなたが自動販売機から、お金を取るのを見ていた人がいるのよ。」

と、校長先生はうで組みをしながらあつしの顔をじっと見つめてきた。

あつしは、しまった！　という顔をするわけでもなく、さらに話しはじめた。

「だってあの時、自動販売機にジュースを入れていた人なんか、車の方に行ってジュースを運んでいたからオレのことは見ていなかったし、道ですれ違った人も一人しかいなかったから……。」

ここまで話して、はっとしたが、もうおそかった。３人の先生たちは顔を見あわせた。

そして、校長先生がまた言った。

「やっぱり取ったのね、そのお金。」

という言葉に、あつしはコクンとうなずかざるを得なかった。

そして、小さな肩をもっと小さく落とした。

「まぁ、やってしまったことは仕方ないとして、くわしく正直に話してちょうだいね。」

と続けた校長先生。

「えーと、自動販売機からお金を取ったけど、すぐに返しました。」

「だれに返したの？」

と山森先生。

「だれかにじゃなくて、自動販売機の中に返しました。」

「本当に返したの？」

と聞く山森先生に、

「うん。」

とあつしは、大きくうなずいた。

山森先生は、あきれ顔で話を続けた。

「きのう、お友だちに駄菓子屋で会った時にお菓子を買ってあげたそうだけど、そのお金はどうしたの？」

（ちぇっ！　またあいつらか！）と思いながら、あつしは、

「あっ、そうだった、忘れていた。全部じゃなかった。1万円だけ返しました。」

と、うす笑いをうかべながら答えた。

コロコロと変わっていくあつしの言葉に、なかばあきらめ顔をしながら、

「そう、じゃあ残りのお金はいくらあってどう使ったの？」

と校長先生は聞いてきた。

「残りのお金は5000円で、ラーメンを食べて、お菓子を買って、ゲームセンターに行ったから、もうありません。」

とあつしが言うと、

「でも、お店の人は自動販売機に残っていたのは、玉のお金だけで、お札は1枚もなかったって言っていたぞ。」

と教頭先生が言う。

「だって本当に返したのに……。」

と、悪びれもなくあつしは口をとがらせた。

「本当だな！　信じても大丈夫だな。」

と教頭先生は念を押す。

あつしは無言でうなずいた。そして、ほっと胸をなでおろした。

このお金は、あつしが空腹の時に、おなかを満たしてくれる唯一たよりにできるものだ

った。だから、それをかくした場所を話さなければならないとしたら、何のためにぬすんだのか、分からなくなってしまう。そんな思いがあつしの頭の中にうずまいていた。

残りのお金について、この3人の先生たちが、もっときつく問いただせば、あつしは話したかもしれない。しかし、先生たちは、あえてそこまでする気にはなれないようだった。

親の愛情に飢え、衣食住の満たされない生活が、子供にとってどれほど身にこたえているか、あつしの毎日の学校生活の中で先生たちは教えられていた。

ここであつしを叱って、ぬすみをやめさせようとしても、根深い本当の問題が解決しない限り、無理なことはわかりきっていた。

それよりも、あつしを取りまいている大人の、特に親のあり方のほうが、ずっと問題なのだということを先生たちは確信していた。

話が一段落したころ、やっとあつしのおばあちゃんが学校に来た。

ノックもなく、突然、校長室のドアが開き、あつしの方に向かって歩いてきたと思ったら、だれかが止めるという間もなく、あつしの胸ぐらをつかみ、平手で何度もほほをたたいた。あつしは、たいした抵抗もせず、それを受けながした。

山森先生は、（このあつしの行動は、あの家族の中で生きていくために身につけた、生きるすべなのだろう）と思うと、もうお金のゆくえなど、どうでもよくなっていった。

あつしは、おばあちゃんにたたかれながら、（ああ、これで一つの事件は終わった。かくしてある残りの1万6080円で何を買おうかな?〉なんて考えていた。

着替え

あつしが1日学校を休んだ時に、クラスではとんでもないことが話し合われていた。

〈臭い、汚い、あつしの服をなんとか着替えさせよう!〉というものだ。

このことを突然あつしが聞かされたのは、次の日に学校に出てきた朝、げた箱のところでだった。

この前、駄菓子屋で会った3人組の男の子たちが、あつしを見つけると、いきなり近寄ってきた。そして、

「くっせー、お前の服、洗濯しているのか。」

と、一人の男の子が言い出した。

また別の子は、

「風呂も入ってねぇだろう。それじゃあ、臭いのもあたりまえだよな。」

と言う。

すると残りの一人が、

「お前、それじゃあ、ホームレスのおやじと同じじゃないか。」

とにやりと笑った。

あつしは、何で自分がこんなことを言われるのか分からなかったが、とにかく腹がたった。

小さな体で取っ組み合いをいどんだ。

ランドセルを背負ったまま、一番大きい子の目をにらみつけ、正面から体当たりをした。小さな細い体の、どこにそんな力があったのかと思うほどの勢いだった。やられた子は、大きく後ろに飛ばされ、ドスンと尻もちをついた。

次に、逃げようとしていた男の子のランドセルを後ろから引っ張りながら振り回した。ランドセルは肩からはずれ、それと同時に、その子も振り飛ばされた。残った一人の男の子は、このありさまをぼうぜんと見ているだけだった。

この騒ぎを見ていた女の子の一人が、あつしをからかった3人の男の子たちに言った。

「やめなさいよ！　きのう山森先生が言っていたじゃない。あつし君は、今すごくつらい思いをしているって。だから、みんなで着替えの服を持ってきてあげようって。でも、それよりも大切なことは、みんながあつし君をからかったりしないことだって言っていたじゃない。もう忘れたの！」

「うるせぇ！　ぶりっ子はだまってひっこんでいろよ！」

と男の子たちは、あつしの反撃を受けたあとだったので、興奮ぎみに叫んだ。

「みんな分かってくれて、これからがんばっていこうって、言っていたのに……」

女の子は少し泣きそうになった。

あつしはこの話を聞いて、自分の耳を疑うほどおどろいた。それと同時に、自分の知らないところで、こんな話がされていたことに、またもや耐えきれない腹立たしさを感じた。さっきまで3人組の男の子たちに向けられていた怒りが、今度は担任の先生へと向かっていった。

（先生は、何で家が大変だと言って、服を持ってきてくれだとか、勝手に決めるんだよ！）

と、どうにもやり場のない気持ちを、今度は自分のランドセルを床にたたきつけることで、どうにかおさめようとしていた。

そこへ、このけんかのことを聞きつけた山森先生が、2階の職員室からかけつけてきた。

「どうしたの？　一体何があったというの？」

と山森先生がみんなに聞く。

「何があったかって？」

あつしは、先生の顔をするどくにらみつけたまま押しだまった。

3人の男の子たちは、

「ちょっとからかっただけなのに、いきなり大あばれしてなぐりかかってきたんだぜ。こいつ。」

と言った。

この言葉を聞いて、あつしは、今度は思いのたけをこめて、3人組をにらみつけた。

いつもとは違うあつしの様子に、山森先生は言った。

「ねえ、あつし君。ちょっと保健室に行って休んでみない？　少し気持ちが落ち着いたら、ゆっくり話をきかせてよ。」

いつもだったら、このくらいの言葉かけで動く気になるあつしだったが、今日はどうにも気持ちがおさまらない。肩の上に、そっと置かれた山森先生の手も、思いっきりはらいのけてしまった。そして、しばらくだまってすわりこんでいた。

どのくらいたった時だろうか、気がつくと山森先生ではなく、保健の先生が隣にすわっていた。何も言わずに、ずっと前から一緒にいたように、だまってすわっていた。

顔を上げたあつしに、

「保健室で、またお茶でも飲もうか？」

と言ってきた。

あつしは、この一言に吸いよせられるように、保健室に行った。怒りが完全におさまったわけではなかったが、関根先生の言うことには、不思議なまでに素直になれることが多かった。

保健室に着くと、本当に先生は、この前の時のようにカフェオレを作ってくれた。

でも、今日は、おかわりをする気にはなれなかった。

関根先生が話しはじめた。

「あつし君、びっくりしたでしょ。」

あつしは顔を少し下げ、上目遣いで、

「何が?」

と、不満たっぷりな表情で言った。今の気持ちは、こうでも言わないかぎり、おさまりきらない。

「そうよね。きのうのクラスでの話し合いのことを、山森先生から聞く前に、クラスの子にあんな言い方をされたら、だれだって腹が立つわよね。女のわたしだって、きっと大あばれしたかもしれないわ。」

「えっ！　先生も?」

と、あつしはおどろいた。

「ええ、こう見えても、小学生のころは、かなりおてんばで、すぐにおこる子だったからね。」

と、関根先生はいたずらっ子のように笑った。

「へえー、先生もそうだったのか。」

とあつしは言い、少しほっとした。

少し間をおいて、また関根先生が言った。

「結果は、こんなことになっちゃったけど、山森先生はきっと、本気であつし君のことを考えているからだと思うよ。」

「どうして？　そんなことあるわけないよ！」

あつしは関根先生にくいついた。

「考えてもごらんなさい。クラスのみんなに説明をして協力してもらうなんて、ものすごく大変なことだと思うもの。大人だったら、心の中でいろいろなことを思う人がいたとしても、とりあえずみんなに協力しましょう。と言う人が多いと思うけど、まだ12歳ぐらいの子どもたちに、あつし君のお家の大変さや、君がどれだけつらい立場にあるかなんて、わかってもらうのは、とても大変なことだと思うもの。」

と先生。

「もしかしたらそうかもしれないけど、やっぱりいやだな。本人のいないところで、こそこそ相談するなんて、すごくいやなやり方だと思うし、山森先生がそんなことをする先生だったとは思ってもいなかったから、がっかりしたよ。」

あつしは率直に言った。

「でもさぁ。」

と気をとりなおして、関根先生はまた話しはじめた。

「ちょっと言いにくいけど、みんなが臭いと言っている君の着ている服、自分ではどう思っているの？」

「うん……ちょっとは汚れているし、いつも同じものを着ているとは思っているけど、みんなが言うほど、臭いとは自分では思わないな。」

「そうか。そうなんだ。」

と、大きなため息をつきながら、本当にそのとおりだねという顔をしながら話す関根先生に、あつしは自分の気持ちを素直に話すことができた。心のもやもやが何となくすーっとしてくるようだった。

「じゃあ、あつし君は、山森先生から先に相談されていたら、もしかしたら着替えをしてもいいと思ったかもしれないということ？」

と、関根先生は遠慮がちに聞いた。

「分からないよ。もう、オレのいないところで話し合いは終わっていたし……今さらっていう感じもしちゃうからね。」

「その通りだね。ちょっと先生たちは、急ぎすぎちゃったみたいだね。」

二人は、だまったまま保健室の窓から校庭を見ていた。5分もたったころ、あつしが話し始めた。

「それにさ、オレがもし着替えたとしても、クラスの友だちの中には、きっと、からかってくるやつもいるだろうし、家で洗濯もできないから、やっぱり今と同じことになりそうな気がする。」

でも、この言葉を聞いた関根先生は、もしかしたらうまくいくかもしれないと思った。あつしの言葉の中には、(ぼくだって着替えをして、さっぱりとしたい)という気持ちが見えかくれしていたことに気付いたのである。

関根先生は、保健室であつしと交わした言葉を、山森先生に伝えた。

山森先生は、その日のうちにあつしとの話し合いを持った。そして、まず初めに、本気であつしにあやまった。

「あつし君ごめんね。君のいないところで勝手に話し合いを持って、こうしてもらおうなんて先に決めちゃって、あまりにも君のことを無視したやり方だったね。先生、ものすごく後悔しているし、反省しているの。本当なら、まず君に一番に相談して、どうしたらいいか具体的に聞いて、時間をかけて決めていかなければならなかったよね。クラスのみんなに話すのは、それからで十分だったかもしれないね。すごくつらい思いをさせちゃって本当にごめんね。」

あつしは、こくんとうなずいた。

「ありがとう。許してくれなかったらどうしようかと、私、どきどきしていたのよ。」

と、山森先生は言った。

「それじゃあ、最初から話し合いのやり直しをしようね。とにかく言いにくいことだけど、あつし君の着ている服が、とても臭いって、クラスの人たちが、とてもつらい思いをしているのよ。その臭いになれてしまっている君は、あまり感じないかもしれないけど……。だから君にもう少し清潔な服に着替えてもらいたいと思っているのよ。このことについて、あつし君は、お家の人に手伝ってもらいながら、何とかできるかしらね。」

「………」

あつしは、だんだんと暗い表情になり、返事ができなかった。

「君にとっては、とてもつらい、いやなことかもしれないけど、今まで文句を言いながらでも、一緒にいなければならなかったクラスの友だちのことも、考えてあげて。」

と、先生は言う。

「………」

あつしはため息しか出ない。

「でも、これだけは約束するわ。他の人からもらった服を君が着ても、君のことをからかったりするようなことは、絶対させないから。もし、そんなことがあったら、この私が決して許さないから大丈夫。安心していいわよ。」

と、先生。

そう言われても、あつしは内心、心配でたまらなかった。現にあの3人組の男の子たちは、約束を破ってオレをからかっていたじゃないかと、今朝のことを思い出していた。

でも、この担任の先生は、今までのどの先生よりも、自分のことを真剣に考えてくれているように感じていた。だからあつしは精いっぱいの努力をして、ほんの少しだけほほえんで「うん。」とうなずいた。すると「よかった！」と言って、先生はあつしの手をしっかりと両手でにぎってきた。

この日から2日間は何事もなく時間がすぎていった。3日目になって山森先生は、

「この前のこと、もう一度クラスで話してもいい？　もちろんあつし君も一緒に聞いていて欲しいけど。」

と言ってきた。

あつしは（今のままでいいのに）と思ったが、断ることもできないような気がして、口ごもりながら、

「はい。」

と答えた。

しかし、クラスでの話し合いを、おとなしく聞いていることができるなんていう自信はなかった。だからあつしは、

「先生！　オレ、保健室にいてもいいですか。」

と、聞いた。

「どうして？　一緒に参加しなくていいの。」

「自信がありません。じっとみんなの話を聞いていられるか……途中で、ついおこって、けんかをしちゃうかもしれないし、みんなもオレがいると、自由に話せないと思うから。」

と、ずいぶんと大人びたことを言えるようになっていた。

「確かにそうかもしれないわね。あつし君の言うとおりかもね。」

「オレ、行かなくていいです。オレのことが話し合われているっていうことが分かっていれば。」

「それじゃあ、話し合いの結果については、後であつし君に話すわね。そこで、またいやなことがあったら直していくことにしましょう。」

と先生は言った。

あつしは、話し合いには参加しないということで、保健室で待っていることにした。関根先生には、自分で理由を話して保健室で待たせてもらうことにした。先生は、いつものようにニコニコしながら、お得意のカフェオレを入れてくれた。でも今日は、病人、けが人が多く、先生とゆっくり話すことはできなかった。

あつしは、一人で長椅子に腰をかけ、いろんなことを考えた。

・クラスでは、オレの悪口の言い合いをしているんだろうな。
・いや、山森先生がいるから、そんなことはないさ！
・このオレの服を、だれがどうやって集めるつもりなのだろうか？
・着替えを、いつどこでさせようというのだろう？
・オレは、オレ自身であって着せ替え人形なんかじゃないぞ！
・みんなの思い通りになんかならないぞ！
あつしは、こんなことを考えながらも、保健の先生とは、ひと言もかわさないまま45分の時間がすぎた。

チャイムが鳴ってから10分もすぎただろうか、山森先生が数人のクラスメートと一緒にしてきた報告は、
①クラスの保護者に呼びかけて、いらなくなった服をもらう。
②週に2回は、あつしが学校で着替える。
③洗濯は、山森先生が家庭科室の洗濯機を使ってやる。（あつしが自分でできることは自分でやる）
④クラスメートは、絶対にあつしをからかわないこと。
この4つのことだった。

あつしは、これをだまって聞いていたが、こんなにうまくいくはずがないと思っていた。

特に、最後の④番なんて、全く信じられない約束だと思った。でも、先生もクラスの友だちも、自分のために、1時間の学級会の時間を使って話し合ってくれたのだから……という気持ちも同時にあった。

あつしは、先生や友だちの優しさ、あたたかさにかけてみることにした。

そして、

「どう。このやり方で、何とかなりそうだと思わない?」

という山森先生の言葉に、

「うん。」

と、小さく、それでも精いっぱいの力をこめてうなずいた。


次の日から、クラスのお母さんたちへの働きかけがはじまった。山森先生は、保護者に手紙を出した。その次の日から、冬物の服が届きはじめた。どれも、きちんと洗濯や修繕がしてあって、たった今からでも着られそうなものばかりだった。

あつしは、その枚数の多さに、ぼうぜんとした。(こんなにたくさんあったって、どうしようもないよ。ほんの2、3枚でいいのに)と思った。

その後も次々と服は届き、数日間で大きな紙袋は6個にもなった。

あつしの冬物は、とりあえず家庭科準備室に置くことになった。

そして、その後の山森先生との話し合いの結果、月曜、木曜の週2回、家庭科準備室で着替えるという約束になった。

今日は、その木曜日。あつしは、約束の家庭科準備室に、山森先生と一緒に行った。

体の大きさに合いそうなものを、先生が下着のパンツとシャツをふくめ、一組用意してくれて、あつしの手の上にそっと置かれた。

「じゃあ、着替えが終わるまで外にいるから、脱いだものを全部かごに入れて出ていらっしゃい。」

と言って、先生は家庭科準備室を出て行った。

5分ほどかかっただろうか、その間に、何人かの子どもたちが家庭科準備室の前を通ったが、先生はそのたびに掲示板を見ているようなふりをして、その子たちが通り過ぎるのを待っていてくれた。

着替えが終わったあつしは、この部屋に置いてある鏡にうつった自分が、まるで別人のようで、そこから山森先生が待っている廊下に出るのは、かなり勇気が必要だった。

あつし自身が覚えている限りでは、はじめて自分の体の大きさにぴったり合った服を着ることができて、しかもほのかな石けんの香りがして、とても満たされた気分になった。

何よりとてもあたたかい。

山森先生は、生まれ変わったようなあつしを見て、両手であつしの両ほほを包んだ。そして何も言わずにほほえんだ。

あつしはと言えば、自分の心とは反対に、無表情で、

「先生、じゃあ帰っていいですか?」

とたずねた。

この時あつしは、自分の気持ちをどう表していいのかわからず、とても照れくさかった。

山森先生は、そんな気持ちはすっかりお見通しで、

「いいわよ。また月曜日にね。」

と軽く言葉をかわして二人は別れた。

あつしが帰った後には、脱いだものが無造作に、抜け殻のようにかごに入っていた。

先生は、親指と人差し指の2本でその服をつまみあげた。重く冷たい、そして汗とトイレの臭いが混ざった独特の臭気が鼻についた。家庭科準備室の洗濯機に、このよごれ物を入れるのは少し気がひけたが、できるだけ早く手からはなしたかった。

ところが、いくら探してもシャツとパンツがみつからない。今、洗濯機に入れたのは、確かにトレーナー1枚とジーパン1枚。靴下もなかった。

「そうか! シャツも着ていなかったし、パンツもはいていなかったのね。」

と、山森先生は、独り言を言った。

翌日の金曜日、あつしはいつも通りに登校した。

山森先生は、

「あつし君、きのう、お母さんやおばあちゃんに何か言われなかった？」

と、聞いた。

「別に……。」

と答える。

あつしは、この一言の中に（そんなにうるさく聞かれると、もういいかげんいやになってくるよな。勝手に着替えさせておいて、その後どうなったかなんて、やめてもらいたいよ）という気持ちをこめて言いはなった。

あつしにそう思われながらも、山森先生は、週2回の着替えと、洗濯を手伝った。

あつしも清潔な衣類は気持ちがいいので、月曜日と木曜日には、必ず着替えに通った。

そして、その時、毎回のように日常のたわいない会話を交わすことが、日課のようになっていった。

このころから、あつしは不思議な気持ちになっていった。山森先生に、そっと寄りそってみたくなる。後ろから先生を見ている時に、思わず寄りかかってみたくなる自分を発見した。どうしたのだろうと、よく分からないでいる自分がそこにいた。

あつしは、山森先生に、母親というものを感じはじめていた。生まれてから今まで一度も感じることができなかった母親を。でも、この時には、山森先生もあつし自身も、そのことには全く気づいていなかった。

おばあちゃんの10万円

あつしは、相変わらず毎日すきっ腹をかかえていた。3か月ほど前に、自動販売機から盗んだお金は、もうとっくになくなっていた。

友だちも少なく、学校から一人で帰ることも多い。ズボンのポケットに両手をつっこんで靴のかかとを踏みつぶし、石をけとばしながら下を向いて歩いていた。

学校から100メートルくらい歩いたところに信号機がある。赤だった。あつしは立ち止まった自分の足元に、何か光るものを見た。

こんな時はいつも（金かな？）と思うくせがついていた。今も、手を伸ばして拾おうとしたが、ジュースか何かのキャップだった。

「ちぇっ！」

と、あつしは道路につばを吐いた。

このごろは、学校で着替えをしているから、前よりはずっと身なりはまともになったが、長い間の生活の中で身についた仕草までは、そう簡単には変わらない。まして心までは。

そんなあつしの耳に、気になる話が聞こえてきた。おばあちゃんが、数人の友だちと旅行に行くというのだ。そしてそのために、銀行からお金を10万円も下ろしてきたということだった。人のためにはお金を出さないおばあちゃんだが、自分の遊びのためならば、何とも思わないのはいつものことだった。

（金かぁ。10万円もあるのかぁ）と、あつしはお札を思いうかべた。

数日後、学校から帰ったあつしは、いつもの通り無言で家に入った。そこで偶然にも、おばあちゃんがお金をタンスの引き出しに入れるところが見えた。とっさに息をひそめ物かげにかくれた。おばあちゃんは、人の気配に気づいていない。

あつしは、おばあちゃんがタンスから離れた時に、わざと大きな音がするように、ランドセルを床の上にドスン!!　と放りなげた。

「なんだ、おまえか。」

と、びっくりしたようにおばあちゃんは言った。その声に何も応えずに、あつしは外に出た。

このまま家の中にいては、勘のいいおばあちゃんに、自分がお金を見たことがばれてしまいそうだったからだ。

そう、あつしは自分でも気づいていないところで、おばあちゃんのお金をねらっていた。

そんなある日、今日も100円のお金もない。おなかもすいている。商店街からは容赦なく食べ物のいいにおいが鼻をくすぐり、胃ぶくろを刺激する。

（あ～ぁ、あの10万円があったらなぁ）と、また思った。その日は、また夕食にありつけなかった。

このごろあつしは時々思う。

（親ってなんだろう。家族ってなんだろう。オレにとって、今、一緒に住んでいるのはだれなんだろう。これが母親なんだろうか？　おばあちゃんと言えるものなのだろうか。本当の家族とは、どういうものだろうか？）

何だか、いつも頭の中がもやもやして、すっきりしない。

そのうちに、こんな理屈が頭の中にうかんできた。

（普通の親は、子どもに飯を食わせなかったりしないはずだ。少なくても自分の友だちの親はそうだと思う。テレビのドラマを見たって、うちみたいな親はいやしない。ばばあの金をぬすんだからって、オレが悪いということはないはずだ。飯も食わせない親の方がずっと悪いはずだ）と。

この考えも少しは当たっている。しかし、人のお金をだまって取ることが悪いことだと判断する力を失っていることにあつしは気づいていない。あまりの空腹に耐えかねて、ついこんな考えがうかんでしまった。

次の日、あつしはタンスの中にある、おばあちゃんのお金を盗む計画を立てはじめた。何しろ、おばあちゃんが旅行に出発するまでに、あと数日しか残されていなかった。急がなくては……。

母親は、いつも、あつしが学校へ行くのと同時くらいに仕事に出かける。でも、おばあちゃんは、弟を保育園に送ってから仕事にいく。弟が保育園に出かける時間は9時だから、朝はタンスのお金を盗むことはできない。

あつしがタンスを開けられるのは、おばあちゃんとお母さん、そして弟がいなくなる午前9時から午後4時の間ということになる。

この4月から6年生になったあつしは、この時間に家にいるのは無理と言った方が当たっている。

しかし、この無謀と思われることを、あつしは無理やり行動に移した。

計画を立てた次の日、あつしは朝から落ち着かず何をやっても上の空だった。それもそのはず、今日が計画実行の日だからだ。自分でこの日と決めたのだった。

1、2時間目は理科、3時間目は国語、4時間目は体育。この後が「チャンス」。かといって、給食の時間に学校をぬけ出すのはとても危険。最終的に決めた時間は昼休みだ。

今日の給食のメニューは、ハンバーグ、野菜ソテーなど大好きなものばかりだった。いつもは、おかわりのことが気になったが、今日はそんなことは関係ない。おなかいっぱいになったのかどうかも分からないまま、自分の給食だけをたいらげると、ごちそうさまのあいさつを待った。

日直のごちそうさまの声を聞くと、すぐに食器を片付け、廊下に出た。外遊びにさそう者もいない。自分の行動に関心を寄せる者も一人としていない。いつものように一人で廊下をふらふらしながら、げた箱の方へと向かった。

靴をはきかえながら、あつしは自分に言いきかせていた。

「オレは絶対に悪いことをしているわけじゃない。飯を食わせない、あのばばあたちの方が悪いに決まっている。」

と、何度も声に出して言った。

その後は、まわりにだれがいるかなど、全く気にもとめずに一目散で家に向かって走った。なぜなら、昼休みが終わるまでに学校に戻っていなければならないからだ。そう思うと、ますます気持ちがあせってくるあつしだった。

3分ほどで家についた。それほど近いのに、走ったことと緊張で、どうしようもないぐらいに息が苦しく心臓もドキドキしていた。しかも、舌がうまく動かないほど口の中はカラカラだ。

自分の家と隣の家のわずかなすき間に、身をかくすようにして息をととのえた。

いざ、家に入ろうとしてはみたものの、あつしは鍵などいつも持っていない。どこか開いていないかと家のまわりを一回りしたが、運悪く今日はどこも開いていない。

（そうだよなぁ。10万円もこの家の中にあるわけだからなぁ）と思った。それでも、こんなことであきらめてはいられないと思い、もう一回りしてみることにした。

やっぱりどこも開いていない。

そんな時、ふと目に入ったのが換気のためにあるトイレの床に近いところにある横に細長い窓だった。そこに手をかけたとたん、あきらめが希望へと変わり、ひとりでにんまりとした。

大人ではとても入れる幅ではない。頭をまっすぐに突っ込んだのでは、子どもだって入れない。

頭を横にして、やっと窓の枠の中にすべりこませた。トイレのアンモニアの臭いが鼻をつく。でも、そんなことなど全く気にもとめずつきすすんだ。

頭、首、肩、うで、そして両手が通り、やっと体全体が自由に動かせるようになった。

後は、体の細いあつしにとっては、するするっと簡単だった。

トイレから出ると、すぐにタンスの前に行き引き出しを開けた。一万円札が、きちんとかさねて輪ゴムでとめて引き出しの奥の方に入っていた。

　初めて見るたくさんの一万円札。なかなか手が出せない。でも、今のあつしには、この行動がまちがっていないと思う心の方が強かった。数分後、10枚の一万円札を右手にしっかりとにぎりしめて、ぽかんと家の外に立っていた。

　あつしは、10万円を手にした後のことを全く考えていなかったのだ。

（いくら何でも、小学生が10万円をポケットに入れて、学校にもどるわけないよな。どうしよう）

　時間だけがどんどんすぎていく。また心臓が高鳴りはじめた。

　庭に穴を掘ってうめようとしたが、乾ききった土を手で掘るのは、なかなか大変なことだった。掘ったつもりでいても、その土がボロボロと指の間から落ち、いっこうに穴の大きさ、深さが広がっていかない。これでは、お札をかくすどころではない。

　困り果てたあつしは、そのくぼみにお札を入れて、庭にころがっていた小石でカバーをし、その上に土の入った重い植木鉢をのせてみた。わざとらしくもなく、何とかかくせそうだ。

（よし、これで風に土が飛ばされて、お札が出てくることもないな）と、ほっとした。後は、自分が家に帰ってくるまで、だれにも気づかれずに、そこにあることを願うだけだ。

　大きな仕事をなしとげ、充実感で心は満たされ、その後はゆっくりと学校に向かった。

3分で来た道のりも、帰りは、その2倍も3倍もかかったような気がした。5時間目に間に合わないかもしれないなどというあせりも何も感じなかった。

やがて、校門が見えてきた。何やらいつもとはちがった人の動きが見える。

クラスの友だちが何人もげた箱のところにいる。しかも、山森先生までも、すごくせわしげに動いている。(やばい!)そう思うのと同時に、植え込みに身をかくし、様子をうかがいながら、耳をそばだてた。

「先生! あつし、学校の外に出たらしいよ。」

「2年生の子が見ていたって。」

「そう、何をしに行ったのかしらね。車にぶつかったりしていないかしら。無事に帰ってきてくれればいいけど。」

あつしは、この時はじめて(あ〜ぁ、先生に心配かけて悪いことをしちゃったな。山森先生、校長先生におこられちゃうのかな?)と、本気で心配になった。

その後、あつしは植え込みから出て、校門から学校の中に入った。当然みんなに見つかってしまった。もちろん山森先生にも。

先生の顔は、さっきの心配そうな顔とはうってかわって、とてもこわばっている。

足早にあつしのところに来ると、

「ねえ、急にいなくなったりして、心配したじゃないの。いったい、どこへ何をしに行っていたの。」

と聞いた。

「そうでした。先生に言うのを忘れていました。図工で使うものを忘れたので、取りに行って来ました。」

「それならそうと、きちんとわたしにことわって行くことになっているでしょ。それに、何を忘れたのよ。」

と、先生はさらに聞いてくる。

「えーと、絵の具です。」

「それで家にはあったの？」

「ありませんでした。」

と、軽く言うあつし。

「…………」

先生は返す言葉がないほどあきれた。

あつしは、先生の気持ちが分かるような気もした。2年生で絵の具の授業が始まってから、一度も絵の具を持ってきたことのない自分が、こんなことを言っても、見えすいたうそのような気がして、だれも本気になんかしてくれないのも当然と。でも今日は、一番重要な仕事（10万円を盗むこと）ができて、無事に学校に戻れたということで、自分を納得させた。

この日あつしは、いつもより早く家に帰った。軒下の植木鉢の下にかくした10万円が気になって、そのへんをぶらつく気になどなれなかった。

さっき、公園の時計は3時50分だった。(そろそろ、ばばあが帰って来る時間だなぁ。早くしなくては……)と、あつしは植木鉢の下を確認した。10万円があった。大切に、大切にズボンのポケットに入れた。そして、おなかを満たすために街に出た。

しばらくして、日が沈みかけてきたころ、弟とおばあちゃんは家に帰ってきた。

それは、あつしが家を出てから、10分くらいしてからのことだった。

あつしは、いつもと違う行動をとっては、うたがわれてしまいそうなので、街をぶらつき、6時ごろに家に帰って布団をかぶって寝てしまった。しかも、今日はおなかがいっぱいになっているので、いつになく気持ちがよかった。

残りのお金は、自分で持っていると、かくす所がないから、さっきの鉢の下にかくした。少し心配はあったが、自分が持っているよりははるかに安全な場所だった。

2時間もうとうとしたころだろうか、あつしの布団が急にはがされ、足やお尻をいやと言うほどけとばされた。

あつしはその痛みのために目がさめ、言葉もなくうずくまっていると、おばあちゃんがものすごい顔であつしをにらみつけている。

「てめぇだろう！　かえしやがれ！」

と、またけとばすおばあちゃん。

「なんのことだよ！」

とあつしは言い返した。

「しらばっくれるな！　このやろう！」

と、平手で顔をなぐられた。

本当は自分だって、このおばあちゃんをなぐってやりたい。でも、まだ若くてがっちりしているおばあちゃんには、小さな栄養失調のような体では、とうてい太刀打ちできない。あつしはあきらめて、おばあちゃんの攻撃を受け流すしかなかった。

この、なぐるけるは30分ほど続いたが、いつもやられていることなので、急所を守るよけ方はうまくなっていた。それでも言葉の攻撃は続いた。

「てめぇ！　10万円を返しやがれ！　きのうまでここに入っていたものが、どこかにいっちまうわけがないだろう！　てめえに決まっているだろう！　こんなことをするやつは！」

（確かにそうだ。このオレだ。でも返すわけにはいかない。この金はオレの飯の金にするからな。どこが悪い）と思った。

しばらくしておばあちゃんは、どこから持ってきたのか学校の連絡網を持ってきた。どうやら山森先生に電話をしているようだ。

「ああ、先生の家かい？　あの親不孝者が、また面倒を起こしやがったよ！　あんたは学校で盗みも教えているのかい！」

と、おばあちゃんは声を荒げる。

これを横で聞いていたあつしにも、言いたいことは山ほどあった。「おまえらが、ちゃんと子どもの面倒をみないからこういうことになるのさ！」ということを、関係のない山森先生に、しかも、言うに事欠いて盗みを教えているなどとは、あまりにもひどい言葉だと思った。

あつしは電話をしているおばあちゃんに、小さな体で力いっぱいつかみかかり、かみつき、髪の毛を引っ張った。それからは、おばあちゃんも電話などできなくなった。力の限りあばれるあつしを、押さえつけることだけで精いっぱいだった。

10分ほどたっただろうか、二人とも疲れてきてもう動けないというころに、今度は山森先生から電話があった。あつしは、受話器を持ったまま、向こうからの声を音として聞いていただけで、内容を全く理解できないでいた。

電話の向こう側の山森先生は、今日、あつしが学校を抜け出したわけを、今やっと理解した。

翌日、山森先生は少し早めに学校に着いた。

一番に校長にきのうの報告をした。そして、あつしが登校して来るのを、今か今かと待っていた。

この日、あつしもおばあちゃんも、体のあちこちに青むらさき色のあざがいくつもあったし、起きあがるのにかなりの痛みを感じていたが、それぞれ学校、会社にと出かけて行った。

あつしが、ふらふらと学校に着いた時には、山森先生がげた箱のところで迎えてくれた。何も言わずに、あつしの両ほほを両手で、そっとはさんで笑ってくれた。先生のその手はとてもあたたかくやわらかだった。

照れくささもあり、にんまりと笑ってはみたが何を言ったらいいのか分からなかった。二人とも『おはよう』の言葉もかわさずにその場で別れ、あつしは教室へ、山森先生は職員室へと向かった。

山森先生は、どうしてもあつしに聞いてみたいことがあった。1時間目を自習時間にし、校長室であつしと話をしたいと校長に申し出た。校長はすぐに「いいですよ。もしわたしでも何かの力になれれば、お手伝いしますから。」と、言ってくれた。

とりあえず、校長先生にも同席してもらうことにして、あつしを校長室に呼んだ。

「おまえ、また何かやらかしたのか」というクラスの無言の雰囲気を背中に感じながら、あつしは校長室へと向かった。あつしは、（校長室に呼ばれて話をすることなど、この前の自動販売機からお金を盗んだ時と同じように、適当にごまかしてしまえばいいことだ）と自分を納得させていた。

だから、今回はドキドキもそわそわもしていない。ただ、ただ、面倒くさい、やっかいなことでしかなかった。

校長室の前に着くと、そっとドアを2回ノックした。

「どうぞ。」

という校長先生の声に（またあいつもいるのか）と思った。

部屋に入ると山森先生も待っていた。

先生は、

「あつし君、朝ご飯食べてきた？」

と聞く。

「食べてこないよ。」

と答えながら、（何かがいつもとは違う）と、直感的に感じとった。（どうして昨日のことを聞こうとしないのだろう。何だか気味が悪いなぁ）と、別のこわさを感じた。

その間にも校長先生が、3人分の紅茶を入れ、あつしの前にはビスケットを5枚も出してくれた。

「どうぞお食べなさい。」

と校長先生がすすめてくれた。

でも（急にそう言われたって手が出せるわけがないよな。しかもオレの前にしかないし……）と思った。本当は、バニラ、バター、砂糖の甘い香りに、おなかがキュッと痛くなりそうなほどにおなかがすいている。

あつしが食べにくそうにしていると、さすが担任の先生、あつしの気持ちを察して、

「校長先生、わたしたちも一緒にいただきましょうよ。このビスケット、とてもおいしいですよね。」

と言って、自分と校長先生の前にも用意して、3人で食べ始めた。

サクッとした歯ごたえ、ほんのりとしたミルクとバターの香りが、心地よく感じた。

また、3人で同じものを同じ時間に同じ場所で、おいしいねと言って食べていることが、気持ちをやわらげた。

3人がビスケットを1枚食べ終わったころ、あつしは急に目頭が熱くなり、目の前がくもってきた。今までにこんな経験はなく、ひどくあわてた。

「どうしたの。」

という山森先生の声に、今まで自分の心の中だけに押し込めてきた感情が、パチン！

と音をたてて、ホウセンカの種のように外にはじけた。何一つとして言葉にならず、涙がとめどなくあふれ出るばかりだった。

山森先生は、あつしの肩を両方の腕でしっかりと抱えていた。

15分もそうしていただろうか、やっとあつしの涙が止まりかかってきたころ、

「きのうのことを少し話してくれる？」

と、山森先生が言うと、あつしはやっと少し頭を上げることができた。

心のままに泣きつくしたその顔からは、いつものふてぶてしさは消えていた。

「きのうの夜、おばあちゃんが電話してきたことは本当なの？」

と山森先生が聞いてきた。その質問に、あつしは首をたてに振った。

「そう、それで、これからどうしようと考えているの？」

と山森先生。

（どうするもこうするも、あの金を返すつもりはないね）と、声には出さず、あつしは自分に言い聞かせた。

「そのお金は、おばあちゃんが旅行に行くためのものだったのでしょ。」

と先生は続けた。その山森先生の目を見つめながら、あつしは話し始めた。

「だって……オレには小遣いもないし、クラスのみんなみたいに、親がきちんと食べ物を用意してくれないから、腹がへったらあの金で何か買って食べるつもりです。」

と言いきった。それでも山森先生が、

「でも、おばあちゃんは旅行に行かれなくなって困っているはずよ。」

と続けると、

「じゃあ先生は、オレが、餓死しても、おばあちゃんが旅行に行かれた方がいいって言うのですか。」

とあつしは吐き出すように言った。

「そういうわけじゃないけど……そうだ、今度また、お母さんやおばあちゃんに、君の食事についても、もう少しきちんと食べた方がいいっていうことを、先生からもお話ししてみてもいいかしら。」

この言葉に、あつしの表情が急に変わり、先生をにらみつけた。

「よけいなことはしないでください。」

と、あつしはきっぱりと言った。

「そんなにこわい顔しないで教えてくれる?」

と先生。

「だって、そんなことを言ったら今よりももっとオレが大変になるだけだから。今は、おばあちゃんの金を取ったことだけを言われるだけですんでいるけど、オレの飯をきちんと作れ、なんて言ったら『大めし食らいの役立たず』とか『こんな野郎に食わす飯などない』と言って、ますます蹴られたり殴られたりするだけだからさ。それだったら、取った金でうまいものでも食った方がずっとましだから。」

と、言い返した。

これが6年生になったばかりの子どもの言う言葉だろうか、と二人の先生は思った。

あつしの言葉の一つ一つには、11歳の子どもには耐えきれないほどの重さがあった。

また、今回の事件も完全な解決がないまま終わった。あつしにとって良くないことと思いながらも、終わらせてしまったのかもしれない。なぜなら、あつしの事件には、いつも虐待という影がぴったりはりついていたからだ。

裏切り

おばあちゃんの10万円事件から、1か月ほどがたった。

結局、おばあちゃんは旅行に行くことができなかった。あつしはおばあちゃんに、最後まで知らない、取っていないと言い張った。

先生たちも、あえて犯人があつしだということを、親に伝えようとはしなかった。だから、何となくうやむやになっていった。

それでもおばあちゃんは、あつしの顔を見れば「金を返せ！　こんなことをおまえの他にだれがやる！」と言う。けさも、このことで突き飛ばされた。あつしにとって、そんなことはいつもの出来事だったから、何を言われても平気だった。

それよりも、毎日、自分が何か食べることができるかどうかの方が、ずっと重要だったから、お金を返す気にはなれなかった。

確かに10万円というお金は、おばあちゃんにとって大金だし、あきらめられない気持ちも分かったが「親たちが子供に食べ物を満足にくれない方がもっと悪いに決まっている」という理由が、いつもあつしの頭の中にあった。

あつしは、10万円を植木鉢の下はやめ、自分の新しい秘密の場所に移動した。

その場所とは、家の外に置いてある洗濯機の下だ。まず、お金を新聞紙につつみ、それを地面と洗濯機のわずかなすき間に入れ、その上から小石をいっぱい載せて、風にも飛ばされないようにかくした。

なぜその場所にしたかというと、あつしの家と隣の家の間に置いてある洗濯機は、人の目にふれることもほとんどなく、まして洗濯などほとんどしない、おばあちゃんやお母さんには、一番見つかりにくい場所だからだ。

我ながら、いい場所を見つけたと、あつしは満足していた。

あつしは、手持ちのお金が減ると、ここから少しずつ出しては大切に使っていった。

できるだけ1日に300円は超えないように計画的に使っていった。

あつしにとっては、とてもめずらしいことだ。ゲームをやりたい気持ちもあったが、空腹をがまんすることの方が、このごろはつらかった。

だから、きょうは立ち食いそば屋、あすはカレーショップというように、夕方になると駅の近くの店に入って、空腹を満たしていた。

そんなあつしの動きをじっと見ている、いくつかの目があった。ギラギラとあやしく光る獲物をねらっている獣の目だ。

5月にしてはめずらしく、冷たい雨が降る土曜日の午後1時ごろ、2枚目の一万円札を持って、あつしはラーメン屋に入った。いつものおやじさんの店だ。

しょうゆラーメンを食べて外に出て、1、2分歩いたところで、どこからともなく中学生か高校生ぐらいの男の子が、3人であつしのまわりを取り囲んだ。

とっさに危険を感じたあつしは、ラーメン屋にもどろうとしたが、3人のうちの一人に、しっかりと肩をかかえられて、動きのとりようがなかった。しかも、あばれながら店にもどるには、ラーメン屋から少しはなれすぎていた。

この3人は、こんな時どうするのが一番いいか知りつくしていた。

「なぁ、あつし。このごろやけに金まわりが良さそうじゃないか。毎日のようにどこかの店でうまそうな物を食っているよな。」

と一番背の高い子が言った。

「なんでオレの名前を知っているんだよ。」

「そんなにこわい顔するなよ。あつし君よ。少しわけてくれよ。腹がへってるんだよ。何しろ育ちざかりの年頃だからさ。」

と、髪を金色に染めた男の子があつしの前に立ちふさがった。

「そんな金なんか持ってねぇよ。」

と、うかつにもズボンのポケットに手を入れ、お金を押さえてしまった。

目ざとくそれを見ていた、耳にピアスをした3人目の男の子は、あつしの手をズボンのポケットから引きずり出すと、すらっと細い自分の指を入れてきた。

「おっ！　あったあった、あるじゃないか。ほらこんなに！」

と、お札を出して他のみんなに見せた。

あつしは取り返そうとしたが、自分よりはるかに体格がいい男の子たち、しかも3人が相手ではかなうはずもなかった。

道ゆく人もこの4人の行動が、それほど不可解なものとは思わなかったのか、だれ一人として関心を示す様子もなく通りすぎてゆく。とうとう、残りのお金は全て3人に取られてしまった。

あつしは、くやしくてくやしくて涙がこぼれそうになった。（2枚目の一万円札、さっき出してきたばかりで、ラーメンを食べただけだから、9500円以上も残っていたのに……）3人の小躍りする後ろ姿を、そのまま見すごしてしまうことなどできなかった。

思いきって3人に声をかけた。

「ねえ……オレから金をとって、これからどこへ行くつもりだよ？」

すると3人は、

「ゲームセンターだよ。おまえも行くか？」

と予想もしなかった返事が返ってきた。

「うん、行くよ!!」

と、あつしは力をこめて返事をした。

「あつしのおかげだ！　いっしょに楽しもうぜ！　たまにはパーッとやらないと、気分がむしゃくしゃするからな。」

また、

「ありがとうな、あつし！」

と言ってきた。

おまけにとても親しげに腕や肩まで組んできた。

あつしは、何だか得意な気分になった。

さっきまではお金を取られたことが、あんなにくやしかったのに、今、こうして肩を組まれて親しげに笑顔を見せられると、こわかった3人が急に身近に感じられ、自分の仲間のような気さえしてきた。

大切なお金だったが、使うことがそれほどいやな感じはしなくなっていた。

それから3時間ほどの時間が、ゲームセンターの中ですぎていった。

しょうゆラーメンのおつりは、９５００円以上あったのに、その間に全てがなくなってしまった。

何だかとてももったいない気がした。でも、自分をこんなに大切にしてくれる3人が、ずっと前からの友だちのように思えた時間だった。

この日も家に帰るとおばあちゃんが、

「金返せ！　金返せ！」

と言い続けていたが、あつしは気にもとめなかった。それどころか、明日もあの3人とゲームセンターで会う約束をしてきていた。

翌日、学校が終わると、あつしは急いで家に帰った。何しろおばあちゃんが家に帰って来る前に、洗濯機の下から3枚目の一万円札を出さなければならないからだ。

今日も家に着いたのは4時ちょっと前、ぎりぎりの時間だ。

ランドセルを玄関の横に放り投げるように置くと、いちもくさんに洗濯機の下に手をのばし、新聞紙の包みを取り出した。

残りの8枚がそこにあるのを確認し、ほっとため息をついた。そこから1枚を取り出すと、足早にゲームセンターに向かった。

もちろん残りの7万円は、もとの場所に、ていねいにしまった。

息をきらしながらゲームセンターに入って行くと、きのうの3人はもう来ていた。

3人は、あつしの姿を見つけると上機嫌で近寄ってきた。

「よっ！　おまえ、なかなかしっかりしているいい奴だなぁ。」

あつしは、その言葉がどういう意味なのかわからないまま、何となく「ほめられた」くらいにしか思わなかった。

その言葉の裏に「いい金づるが見つかってよかった！」などという意味がかくれているとは、思ってもいないことだった。

この日も、1万円を最初からあの3人に渡して遊んだ。つまり、4人で分けて、一人が2500円。あつしにとってはかなりの大金だが、空腹をいやし、ゲームをしたら、そんなお金はあっという間になくなってしまった。それでも、3人の男の子たちは、時々タバコを吸いアルコールの入った飲み物を飲んで、お金がなくなっているにもかかわらず、かなり上機嫌のままだった。

今まで自分の仲間がこんなに喜んでいる様子を見たことがなかったあつしは、自分がこの男の子たちを楽しませていると思えた。

お金の力でこうなっていることに、この時は気づいていなかった。

3日目。信じられないくらいに、お金を使うことにためらいがなくなっていた。

4枚目の一万円札をポケットに入れ、あつしはゲームセンターに走った。

3人の男の子たちは、

「あつし、おまえって本当にいいやつだな！」

と言って親しげにあつしを迎えた。

でも、この日、あつしは気づいたことがあった。（そういえば、4人でお金を分けるとオレはいつも一人でゲームをしていたよな。あの3人はいつも一緒で楽しそうにしているのに……）なんだか、仲間はずれのような気分だった。

それでも、歳もだいぶちがいそうだし、仕方のないこととして自分を納得させていた。

こんな日が何日続いただろうか。1週間もたたないうちに、大切に使うはずだった一万円札は、残り2枚になってしまった。

1日300円計画でがんばっていたのに、あつしは今になって後悔しはじめた。

そして心に決めた。（もうあの3人と金を使うのはやめよう）と。

2日後、またあの3人組が近づいてきた。

「あつし、ゲームセンターに行こうぜ。」

と、ピアスの兄貴が言ってきた。あつしは、

「うん。」

と答えた。

だが、今日は自分がお金を出すのはやめようと思っていた。それに兄貴たちがいつも言っていたことがあった。

それは、「困った時はお互いさまだからな。おまえが困った時には、おれたちが何とかしてやるからよ。」と。

もう8万円も使ってしまって、残りが2万円になってしまったあつしは、まさに今が困った時だった。

だから3人に伝えた。

「もう8万円も使っちゃって、今日はもう金がないよ。」

すると3人の態度が急に冷たく、そっけないものになった。

「なんだ、あつし、もう金がないのか。確かに小学生のおまえが8万円も持っていたことが不思議なくらいだったからなぁ。今日のところは、仕方がないということにしておいてやるか。」

と金髪の兄貴。

「また金を持ってきたら付き合ってやってもいいぞ！　その時には声をかけな。いつでもいいぜ！」

と、のっぽの兄貴が言った。

あつしは、自分の耳を疑った。そして言った。

「なんだよ！　オレが困っている時は、兄貴たちが何とかしてやるって言ってたじゃないか。」

「えーっ！　そんなこと言ったかな？」

とピアスの兄貴。

「またどこかでかせいできな。そしたら付き合ってやってもいいぜ！」

とのっぽ。

あつしは、どれほどくやしかったことか。

でも、あつしよりはるかに大きい男の子たちが相手ではどうにもならない。あつしは、3人の言葉を振り切るようにゲームセンターをあとにした。どこへ行くというあてもなく、メチャクチャに走った。途中、信号が赤だったのも見ないで道路に飛び出し、トラックの運転手に、いやと言うほどどなられた。

それでもあつしは走った。

止まったところは、家の近くの公園だった。荒い息づかいと涙でぐちょぐちょの顔、公園で遊んでいた小さな女の子が近寄ってきて、あつしの顔をのぞきこんできた。

あつしは、まわりを気にしながら、急いで涙をぬぐった。

今日また、あつしが信じることのできる人間が3人減った。

警察

5月に残っていた2万円も、食べ物を買うだけで、すっかりなくなってしまった。

でも、そのお金があったおかげで、あつしはあまり空腹を感じることもなく過ごせていた。

それにひきかえおばあちゃんは、あつしの顔さえ見れば、

「金は持ってきたか？」

とすぐに言う。

あつしは、いつもそ知らぬ顔をしてだまっていた。おばあちゃんには、あつしのそんな態度がどうにも我慢できなかったらしい。

旅行にはいかれなくなったし、お金は返ってこないままだし、ついに爆発した。

6月のはじめの月曜日。あつしがいつものように学校から4時ごろに家に帰ると、家の入り口のところで、おばあちゃんがきょろきょろしながら、外に立っているのが見えた。

あつしは（何しているのかなぁ、あのばばあ）と内心思いながら、それでも面倒なことにまきこまれないように、そっと家の裏の方にまわった。

長い生活の中で、そうすることが自分にとって一番いいだろうという、勘のようなものを感じていた。

でも、しょせん子どものやること。おばあちゃんの目をごまかすことはできず、突然後ろのえり首をつかまれた。まるで泥棒猫のように。そして、おばあちゃんのどなり声が頭の上からひびいてきた。

「てめえのようなろくでなしは、もう帰ってくるな！　今すぐ出ていけ！」

と、ものすごいけんまくだ。

あつしも心の中でさけんだ。（おめえこそ出ていけ！）

あつしはちょっとびっくりした。なぜなら、声には出さないまでも、おばあちゃんの言葉に対し心の中であるにしても、すぐにそんな言葉を思いうかべた自分に、いつもとはちがう力を感じた。

（もしかしたら、このばばあに勝てるかもしれない）と。

そしてためしてみた。

思いきり抵抗してなぐりかかってみた。

でも、おばあちゃんは、そんなことをものともせずに、硬くにぎったこぶしをふり上げ、何度となくあつしの頭をなぐってきた。

あつしは、自分の頭をかばうだけで、何の抵抗もできなくなった。

そこへしゃがみこんで、おばあちゃんの気持ちがおさまるのを待つしかなかった。

頭にいくつかのたんこぶと、すねとももに青あざをつくって、やっと解放された。

頭を上げると、通りの向こうにお母さんが見えた。買い物をしてきたらしく、スーパーの袋をぶら下げている。でも、あつしはお母さんに何の期待もしていなかった。泣きついたところで、自分が責められるだけだということは、分かりきっていたからだ。

あつしは家の中に入り、いためた体をやっとのばした。狭い家の中、いつでもおばあちゃんが見える。今日はいつもとはちがい、あつしを「きっ！」とにらみつけている。

夕食のしたくも、お母さんが一人でやっている。貧しいとはいえ、コンロに火をつけて料理を作っている時の香りは、空腹をかかえているあつしにとっては、たまらなく刺激的だった。

夕食のしたくができ、あつし以外の3人がテーブルについた。あつしも腹がすいていたから、何か食べようと起き上がった。そのとたん、

「おまえに食わせるものなどねえ！」

と、おばあちゃんに〝びんた〟をくわされた。

(このばばあ！)とあつしは思った。でも、やっぱり負けるけんかはできなかった。

その後もおばあちゃんは、

「食いたければ金を持って来い！」

と、何度も同じ言葉をあびせかけてくる。あつしは仕方なく部屋のすみで体の痛みをこらえながら、うずくまったままで時を過ごした。

3人だけの夕食がすむと、またおばあちゃんがどなりはじめた。

あつしは、空腹と痛みで疲れきっていた。

ただただ、どなり声が頭の上を通りすぎるのを待つだけだった。

次の瞬間、おばあちゃんのどなり声が止まった。そして、にんまりとした。

「そうだ！　これからおまえを警察につれていってやる！　そうすれば金を取り返せるかもしれないし……。」

と独り言のように言った。でも、まさか本当に連れていかれるとは、あつしは思っていなかった。


夜も7時をすぎ、あたりがすっかり暗くなったころ、あつしはおばあちゃんにこづかれながら、30分ほど歩いて大きな通りに面している警察に着いた。

警察の出入り口のところには、二人のおまわりさんが両手を後ろに組んで、わき目もふらずに立っていた。別の一人のおまわりさんが、少し歩いては立ち止まり出入り口のところの番をしていた。あつしは、自分が何で警察に来たのかも忘れて、3人のおまわりさんをじっと見ていた。

一方おばあちゃんは、警察に着くなり、

「おまわりさんよ、こいつが、あたしの金を10万円も取りやがったんだよ。旅行に行こうと思って大切に大切にためていた金を、こいつが……。早く取り返してくださいよ！　それがあんたたちの仕事だろ！」

と言った。

この言葉に、警察中にいた人の視線がこの二人に注がれた。そして一瞬、シーンとなった。

カウンターの向こうから、一人の婦人警官が出てきた。まだ若いおまわりさんだ。

おばあちゃんは、そのおまわりさんと言葉をかわす前から、

「あんたじゃ頼りになりそうもないね。こいつからあたしの金を本当に取り返せるのかい。もっと他の男のおまわりはいないのかねえ。」

と不機嫌だった。

「まあ、そんなことおっしゃらないでください。とりあえず、わたしがお話をうかがいま

すから、それからまた考えましょう。」

と若いわりには、とてもしっかりと落ちついた婦人警官だ。

あつしは、このおまわりさんに申し訳ない気持ちだった。なぜなら、自分が10万円を取ったことで、おばあちゃんや自分が困るだけならまだしも、そのためにこのおまわりさんがおばあちゃんの話を聞かなければならなくなったからだ。

そんな、あつしの心の動きなど分かろうともしないおばあちゃんは、その若い婦人警官のつま先から頭のてっぺんまでじろじろと見まわし、しぶしぶとその言葉にしたがった。

二人は玄関から右へ曲がって、細い廊下をちょっと歩いたところにある相談室に案内された。中に入ると、長い灰色の机が一つとパイプ椅子がいくつかあった。机の上には、赤いカーネーションが2本入った花びんがポツンと置いてあったが、部屋には窓もなく、何となく冷たい空気を感じた。

おばあちゃんは、さっさとすわり、しゃべりはじめた。

あつしが生まれてから、どれほど自分たちの生活が大変で、どんなに苦労してきたか。あげくの果てが、今回の10万円事件。

このおばあちゃんの話が終わるまで、ずっとだまって聴いていた婦人警官はこう言った。

「この問題は、ご家庭の中で起こったことです。しかも、あなたのお孫さんは、まだ11歳です。それに、見れば歳のわりには体も小さいですし、顔や手足にあざのようなものがありますが、どうなさったかご存じですか。」

この言葉に、おばあちゃんは、ひるむどころか、よく聞いてくれたとばかりに、またしゃべりはじめた。あつしがお金を取ってから食事を与えることをへらしていること。きょうも取ったお金のありかを話させようとしたが、白状しないことなどを本当にくやしそうに話した。

「どうだい。こいつが悪いに決まっているだろうよ。早く何とか金を取り返してくださいよ。」

と、おばあちゃんはまくしたてる。

ここまでくると、婦人警官も次に出す言葉を見失っていた。

あつしはもう、どうでもよかった。

おばあちゃんにさからえばなぐられるだけだし、金を返せと言われたとしたって、もうお金はなくなっているのだから返せない。

ただ、おばあちゃんと警察に来たことで、一つの自分の役割が果たせたと思えた。本当は、おばあちゃんの言うことなど聞きたくない。でも、体の小さいあつしに対し、がっちりとしたまだ若いおばあちゃんに、いつも負けてしまう。唯一あつしが勝つことができるのは走って逃げる時だけだ。

おばあちゃんは一方的に話した後、婦人警官からお金を取り返せないことを伝えられると「チッ！」と舌打ちをし、あつしよりも先に警察を出ていってしまった。

あつしは一人取り残され、どうしたらいいのか困ってしまった。

大きな息を1回して気を取りなおし、

「もう帰っていいですか。」

と、さっきのおまわりさんに聞いた。

心なしか、おまわりさんは淋しげな顔をしていた。そしてそっと聞いてきた。

「おばあちゃん、いつもあんな感じなの。」

あつしはコクンとうなずいた。

他の家族のことや通っている小学校のことも聞かれた。

あつしは、聞かれたことだけに言葉少なに返事をして話を終わらせた。それ以上、細かく話しても、自分がみじめになるだけのような気がしたからだ。

おまわりさんは、

「あつし君、ちょっといらっしゃい。」

と言って手まねきをした。それから小さな紙袋をあつしの手を取って持たせた。

「あめとビスケットよ。元気出しなさいね。」

おばあちゃんから、お金を取っただろうということについては、一言もふれないでお菓子をくれた。

あつしは、何も言わずにペコンと頭を下げて警察を出た。

この若い、あまり経験のない婦人警官にも、あつしが家でどんな扱いを受けているかということがすぐに理解できた。だから、あつしがせめられることはなかった。

こんな時、あつしはいつも思う。

「あ〜ぁ、もうしない。絶対にしないと決めたのに……。」

と後悔する。でも、それが一度として守れたことがなかった。一番の敵である、ひもじさがなくならない限り、これから先もきっと同じことだろう。

新しいスニーカー

6年生になると、日光への移動教室に行く。もちろんあつしもだ。

6年生の今年、6月25日から2泊3日で参加することになっている。この移動教室は、最高学年としての誇りを、それぞれが胸に秘めながらの大きな学校行事の一つだった。

4月、6年生になったと同時に、担任の先生も子どもたちも、それに向けての準備を始めた。日光の歴史、地理、自然を調べ、学習をしながら理解していくことから始まるのだった。

新学期が始まって1週間がすぎ、いよいよ日光についての勉強が始まった。それといっしょに、この移動教室で常に行動をともにするグループ分けも始まった。この日は2時間目の学級活動の時間を使うことになった。

このグループ分けは子どもたちの自由にやらせてくれることが、この学校では恒例になっている。でもそれには『仲間はずれをつくらないこと』という大きな約束ごとがある。

何日も前から、何となくピリピリしている教室の空気が今日は一段と強くなっている。だれと一緒になりたいかなどということは、お互い仲のいい友だちの間では、もうとっくに話がついていていて言葉に出していないだけで、すでにグループができているようなものだった。

ただ、その仲間に入れない者、入れてもらえない者が数名いた。あつしも、その仲間に入れてもらえない者の一人だった。それもそのはず、あつしは学校では着替えはしているものの、まだ臭くて汚い。何か必要な物があっても持ってくることもできない。そんなやっかい者を自分たちの方から一緒のグループになろうなどと誘う者などいるはずもない。でも『仲間はずれをつくらない』という約束を守るために、それぞれのグループは少しでもましな『はみ出し者』を自分のグループに入れようと一生懸命だった。

だが、あつしだけは、どこのグループからも声がかからなかった。このことであせっていたのは、まだ人数の不足しているグループの方で、あつしにとってはどこでも同じことだった。

　結局、なかなかだれを入れるか決められないで最後になったグループが、あつしを引き取ることになった。

　グループ全員の、あきらめともつかない大きなため息が皆の心のうちを物語っていた。

　でも、そんなことは全く気にも留めていないあつしだった。

　このグループの男の子たちは、あつしのいないところで、こそこそと何かを話しはじめた。

「だから、早く司にしちゃえって言ったじゃないか！」

　と、優希が言うと、

「だって、あの時はまだ皆の意見がまとまっていなかったから仕方ないだろ！」

　と正也が言う。

「おれは、あつしの隣に寝るのだけはごめんだね！　あんなに臭いやつと部屋が一緒になるだけだっていやなのに……。あ～ぁ、どうしてあんなやつと同じクラスになっちゃったのかな。なんて運のない人間なんだよ、おれ様は。」

　と、また優希。

　だが、このグループには、口数は少ないが何かとあつしに声をかけてくれる貴志がいた。

　貴志は、優希と正也の話をだまってきいていたが、しばらくしてこう言った。

「おれが隣に寝てやるよ。それでいいだろ！　臭いのだって風呂に入ってきれいにすれば大丈夫さ。」

貴志には、いつもどことなくあたたかさがあった。こんな会話を重ねていくうちに、それを聞いていた貴志以外のグループのメンバーも、少しずつではあるが変わってきた。

あつしをのけ者にするのではなく、グループの一員として考えてくれるように変わっていった。

翌日は、担任の先生から持ち物についての説明があった。２泊３日の移動教室に持っていくものは、あつしが思っていたよりもずっと多かった。その持ち物の中で、どうしても持って行くことができない物が二つあった。

米２合と弁当だ。

貴志が言った。

「あつし、おまえ米を持ってこられるか？　まぁ、どうせ無理だろうけどな。」

貴志は言葉を続けた。

「おれのうち、母ちゃんの田舎が新潟だから、ばあちゃんがいつも米をたくさん送ってくれるんだ。だから、おれが米を持ってくるから、そのかわりにおまえがおれの新聞紙を持って来いよ。」

貴志の言い方に、最初から見くだされたようでいやな気持ちもしたが、ありがたい友だちに内心ほっとし、あつしはすぐに「うん。」と返事をした。

でも、その後よくよく考えたら、自分の家では新聞をとっていないことに気がついた。米を持って来てくれるという貴志に、新聞紙ぐらいは持って行くのは当然と思ったあつしは、その日のうちに集めはじめた。

それは、駅のごみ箱からだ。

われながらいい考えだと、あつしは満足していた。

ただ、そんなところを友だちに見られたくないという気持ちも同時にあった。だから、小学生があまり出歩かない夜になってからにした。

7時をすぎた頃から、会社帰りの人が急に多くなり、新聞紙をごみ箱に入れていく人もたくさんいた。1時間もしないうちに、ありあまるほどの新聞紙を集めることができて、あつしはほくほく顔だった。

だが、もう一つの弁当のことはどうしようもなかった。それでも弁当は移動教室当日のことだったから、まだずっと先のことのような気がして、さほど気にはならなかった。

次の日、あつしは新聞紙をたくさん抱えて教室に入った。早く貴志が来ないかなぁ、と待っていた。いつも決まった時間に来る貴志だが、待っているあつしには、とても長い時間に感じられた。

とうとうげた箱のところまで迎えに行って、遠くの方に貴志の姿を見つけると、新聞紙をたくさん持ってきたことを伝えに行った。

貴志にとっての新聞紙や米はたいしたことではなかったが、

「サンキュー、あつし！」

と、言葉は平凡だったが、そのアクセントの中に〝ありがとうの気持ち〟が強くこめられていた。

この日、何事もなく学校での生活が終わり、あつしが帰ろうとしていると、担任の先生が耳うちしてきた。

「ねえ、移動教室に行く時のお弁当、わたしが用意してあげるから心配しなくていいよ。」

あつしは、すまなそうな顔をしながら、首をたてに振った。

「わたしも、その日は朝早くて忙しいから、たいしたものは作れないけど、何かリクエストはある？」

と山森先生は聞いてきた。

「えっ！　特にありません。」

とていねいな言葉で返事をした。

「そう。じゃあ先生におまかせっていうわけね。」

とにっこりする先生。

「はい。」

あつしは、この二つの持ち物の心配がなくなり、本当にほっとした。でも、その気持ちを素直に表現できず、相手にうまく伝えることができなかった。

それとは反対に、今までにないほどにはりきっていろいろな準備に取り組んだ。

毎日毎日、本当にいろいろなことが次々と決まっていく。係の仕事、グループごとの出し物、その他、これでもかこれでもかというほどだ。いつもは無気力なあつしだったがグループ全員、担任の先生のあたたかさに包まれて、移動教室の準備に積極的に参加することができた。このグループは、日光に行く前に、おたがいを思いやって協力するという点において、すでに大きな成果をあげていた。


6月20日。日光移動教室への持ち物、その他の最終点検のために、山森先生はクラスの子どもたちと一緒に、しおりの読み合わせをした。

2か月以上もかかって準備をしてきただけのことがあって、全てが順調で何もかも心配することはなかった。すくなくとも山森先生はそう思っていた。

しかし、首をかしげる者が一人いた。同じグループの健児だ。服装の中に、はきなれた靴というところで、どうしても納得がいかなかった。それというのも、確かにほとんどの子どもたちは、はきなれた靴を持っていたが、あつしの靴だけはどうみても、はきなれた靴と思えなかったらしい。

この前の体育の時間に、げた箱のところで健児が見たあつしの靴は、底のギザギザがほとんどすりへっていた。しかも、つま先には大きな穴というか、さけ目があって、歩き方によっては指の先が靴から飛び出していた。

健児が家に帰って移動教室のことをお母さんと話している時に、あつしの靴のことが話題になった。すると健児のお母さんは、

「そう、あつし君、新しい靴あるのかしらね。そんな靴じゃあ足が汚れるし、第一あぶないわよ。」

と言った。

「おれ、あした聞いてくるよ。」

次の日、健児はあつしに聞いてきた。

「おまえ、移動教室の時に、はいていく靴はあるのか?」

「えーっ! 何言っているんだよ。靴くらい、いつもはいているよ。オレがはだしでいたことがあるかよ。まぁ、上ばきはないことの方が多いかもしれないけどな。」

この返事を聞いて、健児はつい言ってしまった。

「だって、今はいているお前の靴、つま先にでかい穴があいているじゃないか。」

でも、あつしは得意そうな顔をして、

「いいのさ。あれで十分さ。ジャングルで生活しているやつなんて、みんなはだしだろ。それでなれているんだよ。オレも同じさ。だから、あれがはきなれた靴ってやつさ。」

結局、あつしがあの穴あき靴で移動教室に行こうとしていることが健児に分かった。

移動教室の3日前、健児のお母さんは、新しい靴を2足健児に持たせた。あつしの足のサイズが分からないので、少し小さめのものと、6年生ぐらいの男の子がよくはくサイズのものだ。

健児のお母さんは、

「これはずっと前、健児のために買ったものだけど、足が大きくなるのが速くて、ちょっとしかはかなかった靴なのよ。このましまっておくより、だれかにはいてもらった方がいいから、あつし君に持っていってあげて。」

と言った。

「うん、分かった！」

と、応える健児。それからまたお母さんは付け加えた。

「移動教室に行く前に、少しはいておくように言ってね。それから、小さい方がピッタリだったら、大きい方もあげてちょうだいね。」

健児は、学校に着くとすぐにあつしに靴を渡し、事の成り行きを話した。

自分には、はいていく靴があると言っていたあつしだったが、新品に見えるスニーカーを目の前にした時は、健児の目から見ても、あつしの目がキラキラと輝いているのがわかった。

あつしは言葉もなくスニーカーを手にとり、大きく息を吸いこんだ。

「これ、はいてみてもいいのか？」

と聞いた。

「いいに決まってるじゃないか。お母さんがおまえにあげてほしいと言った靴だからさ。」

はじめに、白に青のラインが斜めに入っている、少し大きめのスニーカーをはいてみた。素足にはかなり大きく、靴下をはいても大きすぎるような気がした。

ちょっとがっかりしたが、もう一つの方もためしてみた。黒で銀色のワンポイントがついている。

あつしは、一目でこの靴が気に入った。自分にサイズが合うかどうか心配だった。

つま先を入れ、奥の方へ入れようとしたが、スムーズに入っていかない。

これもだめかと思っていたら、健児が、

「あつし、ひもの靴は、ひもをゆるめないとはけないだろう。おまえ、そんなことも知らなかったのかぁ。」

「うん。」

とあつしは素直に返事をした。

実は、ひも靴など今まではいたことがなかったのだ。いつもサンダルのような、ちょいと引っかければはける、本当に安い簡単なデザインのものばかりだった。だから、ひも靴にあこがれてもいた。

それほどはきたかった靴だから（うまくはけなかったらどうしよう）と、とっても心配になっていた。

健児にひもをゆるめてもらったら、うそのようにすんなりと足がスニーカーの中へすいこまれていった。

ひもを結んでみた。

つま先にほんの少しのゆとりがあって、快適なはき心地にびっくりするほどだった。あまりの動きやすさに、思いっきり走りまわりたい気分だった。ただ、そんなことをすることが、あまりにも子どもじみている気がしてできなかった。

健児とあつしは、言葉もかわさず、にっこりとほほえみをかわした。それほどまでに心がつながってきていた。

実は、このスニーカー、本当は健児のものでも何でもなかった。健児のお母さんが、あつしの靴の様子を知って、きのうスポーツ用品店から買ってきたものだった。あつしの心を気づかって、我が子にも本当のことを言わずにいた。それが一番いい方法だと思った。

もちろん、このことをあつしが知るはずもない。ただ、自分を取りまく多くの人たちの、本当の心のあたたかさを少しずつではあるが、感じ取っていた。

あつしは、2日間かけて、大事にその黒のスニーカーをはきならしていった。少し土がつくと雑巾ではらって、中に砂が少しでも入れば、すぐにはたいてきれいにした。本当に本当に大切にした。

はく時につま先でトントン地面をたたくこと、靴のかかとをふみつぶすようなことも決してしなかった。

それどころか、はくたびにひもをゆるめてはき、足をしっかり入れてから、もう一度ひもを結びなおすという念の入れようだった。

いよいよ移動教室の当日になった。校庭には、何人ものお母さんたちが見送りに来ていた。当然といえば当然ではあったが、あつしのお母さんは来ていなかった。でも、スニーカーをくれた健児のお母さんは来ていた。

あつしは、お礼を言いに行きたい気持ちはあったが、どうにもこうにも照れくさくて足が向かない。それでも、そのスニーカーをはいて、健児のお母さんの近くを行ったり来たりしてしまうのだった。

学校を出発する前に、校長先生からのお話や引率の先生方の紹介が終わると、6年生全員で見送りに来てくれた家の人たちに、声をそろえて「行ってきます。」と大きな声であいさつをした。

これで出発前にすることは全て終わった。

いよいよ学校を出るために、6年生の列が動きはじめた。あつしの黒いスニーカーも、足にぴったりとくっついて動きはじめた。

あつしは、健児のお母さんの前を通りすぎようとした時に、帽子をぬぎ、ペコンと頭をさげた。これが、最大の感謝の表現だった。

あっと言う間の出来事で、このあつしの行動に健児のお母さんも、あつしに声をかけるひまさえなかった。

いや、声にならなかったと言った方が正しいかもしれない。

健児のお母さんの優しい目の奥には、うっすらと涙が光っていた。

御神楽《みかぐら》

今年の運動会は、扇子《せんす》と錫杖《しゃくじょう》を持って、太鼓の音だけに合わせて踊る表現運動の『御神楽』をすることになっている。ジメジメした梅雨のさなか、あつしは来る日も来る日も踊りの練習にあけくれた。6年生ともなると、徒競走や障害物競走など、毎年決まった種目は、それほどの練習はいらなかった。

夏休みを2日後にひかえた7月18日、あつしを含む男子5人は、放課後、職員室に入って行った。

「山森先生はいますか?」

と。クラスの体育委員の和博がたずねた。

「あら、まだ帰っていなかったの? とっくに帰りの学級会は終わったのに……。今までどこで何をしていたのよ。」

と先生。

「別に悪いことをしていたわけじゃないですよ。おれたち御神楽の練習をしていただけです。」

と他の二人が言った。

「へえー! あれからずっと今まで?」

「はい!」

と声をそろえる5人。

「ところで、何か言いたいことがあったはずでしょ。」

「はい。ぼくたち夏休みに踊りの練習をしに学校に集まりたいと考えていますけどいいですか？」

「えーっ！　夏休みに？」

「やっぱり……だめですか？」

と声をそろえる他の４人。

「それはかまわないけど、君たちもう十分練習して上手になったじゃないの。」

と先生が言うと、

「でも、扇子を回すところが完璧じゃないからね。それに顔の位置もね。」

と、あつしはその場でやってみせた。

「そう、君たちがそれほどがんばりたいのならいいけど、夏休み中のことだから日直の先生にも相談しなくちゃね。」

「やった！　学校で練習してもいいってさ。」

と５人で顔を見合わせた。

「じゃあ、学校へ来られる日を決めていらっしゃい。でも、３日間よ、３日！　いい？分かった？」

と山森先生は５人の背中に投げかけるように言った。

その先生がお茶を１杯飲み終わった頃、さっきの５人が職員室になだれ込んできた。

「もう少し静かに入ってくるものよ。もう一度やり直し！」

と山森先生が笑いながら言うと、5人は、またドタドタと走って廊下に出た。

そして『トントン』とノックの音をさせて、

「失礼します。山森先生はいらっしゃいますか。」

とやり直した。

「はい。」

と山森先生。

「5人の予定を聞いて、いろいろ考えて、7月の23・24・25日にしました。」

と和博が言った。

「じゃあ、次に君たちがやることは、この日の日直の先生を確認して、みんなにお願いに行ってくることね。はい、これが夏休み中の先生方の日直の予定表よ。」

と、山森先生は1枚のプリントを5人の前に差し出した。

「へえ……先生たちのだれかが、毎日学校に来ているなんて知らなかったよ。」

「あっ、24日は1年1組の野村先生だぞ！」

と言うあつしに、他の4人は一瞬声が出なかった。

「確かにあの先生、何か言われそうで苦手だよな。でも……まぁいいか。練習のためだからな。」

とあつしはあきらめた。それほどまでにこの踊りが気に入っていた。おなかの中がゆれるようにひびく和太鼓の音、錫杖《しゃくじょう》につけた鈴の音のひびき、そして何といってもその錫杖が地面を突く時の手に伝わってくる大地の力強さが好きだった。

5人は、意を決し、職員室を出て、この3日間の日直の先生のところをまわりはじめた。23日の日直の先生との約束はすぐに決まった。次に行くところは野村先生のところだ。校舎の1階の1番はじにある1年1組の廊下の前まで行った。教室の入り口からそっと中をのぞいた。野村先生は、机に向かって何か書き物をしている。和博は、教室のドアを軽くノックした。

先生は頭を上げ、5人のいる方を見た。5人とも、だれかが言い出すのを待つかのように何も言わない。

すると、だまって身動きもしない5人を見て野村先生は言った。

「何か用ですか？　わたしは忙しいから用があるなら早くしてちょうだい！」

「ほら、やっぱりこうなるだろ。」

とあつしが言った。

「何が『ほら、やっぱり』なの？」

と野村先生。

「いえ、何でもありません。」

と、あつしに視線を送りながらあわてた和博が言った。

「あの、ぼくたち夏休みに御神楽の練習に来たいんです。その日が7月24日で、野村先生の日直の日なので お願いに来ました。いいですか？」

と弘。

「へえー。夏休みに練習とはずいぶん熱心ね。私は、がんばる子は大好きよ。いいわよ。そのかわり学校へ着いた時と帰る時には、きちんと連絡に来てちょうだいね。」

と野村先生に念を押された。

5人は、思っていたよりも話が簡単に決まり、ちょっと拍子抜けした。3日目の日直は、たまたま担任の山森先生だったので問題はなかった。

こうして夏休み中の練習日は決まった。

1学期の最後の日、教室では担任の先生から、一人一人に通知表が手渡されていた。皆、中身をのぞきあったり、かくしたりと大騒ぎをしていた。そんなことをよそごとのように、教室の後ろの方に集まっている5人の男の子たちがいた。御神楽の練習メンバーだった。

5人は初日に、どこに何時に集まるか最終的な相談をしていた。

「何時がいいかな。夏休みだから、少しはゆっくり寝ていたいしね。」

と弘が言うと、

「そうだよな。夏休み特別番組もテレビでやっているし……。」

と和博も同意した。

「オレは何時でもいいからな。他のみんなに合わせるよ。」

と夏休みに特別な予定など何もないあつしは言った。

結局、少しゆっくりで、あまり暑くならない時間ということで、学校の門のところに9時と決まった。

7月23日・24日の練習は、無事にしかも楽しく終わった。暑い中、教室での練習はそれなりに大変ではあったが、同時に充実感もあった。

いよいよ練習最後の25日を迎えた。この2日間、一番に学校に行っていたあつしだが、最終日の今日になって布団から出られなかった。

その日、9時に学校に来ていた和博、弘、そして他の二人は、もう少しあつしを待ってみることにした。あと少しで9時半という頃にあつしはゆっくりと歩いて学校に着いた。

「ごめんごめん、なんだか朝起きられなくて、気がついたら今になっていたってわけだよ。」と小さな声でみんなにあやまった。

それでも、全員そろっての夏休み中最後の練習ということで、みんなはりきっていた。

山森先生は、職員室の窓からそっと子どもたちの練習を見ながら、動きに力のないあつしのことが気になった。あつしが満足に食事をしていないのだろうと先生は推測した。

そこで先生は、子どもたちに話した。

「3日間、よくがんばったわね。その努力を認めて、わたしがアイスクリームをごちそうしてあげるから、近くのコンビニで買ってきてくれる人。」

そこで悟、あきら、和博の3人で買いに行くことになった。本当はあつしも行きたかったが、とてもそんな力は残っていなかった。

程なく3人は帰ってきた。皆で、この3日間の様子を話しながら、アイスクリームを食べる時間は、あっという間にすぎていった。時計を見ると11時半。

山森先生はまた言った。

「そうだ、教室の片付けがまだ終わっていなくて、一人じゃ大変そうだから、今日の午後手伝ってくれる人いるかしら。」

あいにく5人のうち3人は塾やその他の予定でだめだったが、和博とあつしは「手伝います。」と言った。

そこで午後に予定のある3人が帰った後、

「まずは腹ごしらえをしなくちゃ動けないわね。今日は、特別お昼もごちそうしてあげる。」

と先生が言った。

先生は、和博には学校から家に電話をさせた。

先生は、あつしにも家に電話をするように言ってきたが、

「どうせオレの昼めしなんか作ってないし、家に食べ物があるわけじゃないから、いつでもＯＫさ！」

と先生に言った。

二人は「好きなものを頼んでいいよ。」という先生の言葉に、スープ付きのカツ丼を注文した。しかもごはんは大盛り。

あつしは、体の大きい和博に負けず、全身に汗をかきながらきれいにたいらげた。久しぶりにおなかがきつくなるほど食べることができたあつしは、先生のどんな頼みでも今なら何を言われてもＯＫしてしまいそうだった。

この日、あつしは御神楽の練習、先生の手伝い、そしておなかいっぱい食べることができて、心の奥の深いところまで幸せだった。

でも、こんなに事がうまく運ぶ日など、ほとんどなかった。夏休みはいつも、空腹との闘いだった。他の友だちのように、家族で旅行に行くなんてことは夢物語の世界だった。

その夏休みも終わり、いよいよ2学期。

心待ちにしていた運動会も今月だ。始業式では、夏休みに練習を共にした5人とも顔を合わせることができた。

どの顔も、あの練習をやりとげた自信をただよわせていた。

9月22日。

運動会の前日。テレビから流れてくる天気予報は、下り坂とアナウンスされている。給食後、皆が心配する中、先生方と5・6年の児童で運動会の準備が着々と進められていく。2時間ほどでそれも終わり、当日を待つだけとなった。相変わらず天気予報は悪い。ただ運を天にまかせるしかなかった。

そしていよいよ当日。やはり曇り空。

空気は湿り気をふくんで少し重たい感じだ。それでも運動会は始められた。

入場行進、準備体操も終わり、低学年の徒競走から、次々とプログラムがすすんでいった。午前中の競技は、全校での玉転がしで全てが終わった。午後の競技は、1時15分開始の予定だ。

ところが教室の中で給食を食べはじめた頃から、西の空が朝よりも暗くなってきた。あつしたちのクラスも、雨が降りはじめはしないかと、多くの友だちが空を見上げていた。あつしは早く給食が終わればいい！　と願うように思っていた。そして、雨雲が遅く動いてくれることを期待していた。

そんなドキドキした空気がただよう教室の中に突然放送が流れた。

それは、「空もようが悪くなってきました。午後の競技は、時間を早めて1時からにします。12時50分になったら移動をはじめて準備をしてください。」という内容だった。

そう放送されている間にも、ますます空が暗くなっていく。とうとうプログラムの内容がけずられた。ＰＴＡによるスプーンレースと教職員のムカデ競走が中止になった。残されたのは、６年生の組体操、高学年の紅白リレー、御神楽《みかぐら》の３つだけになった。

（どうか御神楽が終わるまで雨が降りませんように……）と、みんなが心から祈っていた。

夏休みに特訓をした５人は、なおさらだった。

午後一番目の組体操が始まった。真剣な顔、きびきびとした歯切れのいい動き、ピーンと張りつめた空気が、観ている者に感動を与え、演技をしている本人たちにも満足感をもたらしていた。

でも、この時もあつしは体で覚えきった動きを音に合わせてやっているだけだった。どうしても頭の中から御神楽がはなれない。あつしにとっては、それほど意味のある御神楽だった。

次の競技は、高学年による紅白リレーだ。

運動会の中で、とても人気のある種目だ。

これは、特に観ている方が大騒ぎになるのが普通だ。

この日も、予想通り応援席の方から大きな声が聞こえてきた。興奮しきった顔がいくつもあった。でも、あつしにとっては紅が勝とうが白が勝とうが、問題ではなかった。

それよりも、残る一つの『御神楽』の方がずっと気になっていた。６年生は、ほぼ全員が興奮状態といってもいいほどだ。何しろ午後の種目の全てが主役。その最後を飾る演技が始まろうとしているのだから、当然なのかもしれない。

いよいよ『御神楽』の始まりの合図の太鼓が一つ「ドーン」と鳴った。校庭の四方から勢いよく走って入場してくるどの顔も、教室では見ることができない、真剣な顔をしていた。真っ白な扇子を左手に持ち、それぞれが自分で作った錫杖を右手で大地を強く突きながら、太鼓に合わせた動きの一つ一つは写真のコマ写しのように絵になっていく。

『御神楽』が始まって、皆が太鼓のリズムに乗ってきたころ、心配していた雨が降り出した。しかも大粒の雨が。

6年生以外の先生たちは、急いで自分のクラスの子どもたちを屋根のある所や物かげへと移動させ、自分たちもそこへ身を寄せた。

ところが、6年生の担任は、踊る子どもたちの列にぴったり寄り添い動こうともしない。あつしは、この雨で、いつ先生たちが演技の中止を指示するかハラハラしていた。

その時、偶然にも担任の山森先生と目があった。先生は大粒の雨に打たれながら、指の先まで神経を配りながら踊っているあつしの方をじっと見ていた。

またそれは、あつしだけに注がれているものではなく、クラス全体、いや学年全体がその視線に、見守られていた。

6年生たちは、この大粒の雨の中、だれ一人として動揺していない。今まで以上にかけ声も大きく、きびきびとしている。そして、さっきよりももっと大きく見開き輝く友だちの瞳を、あつしはほこらしく感じていた。

急に降ってきた大粒の雨で、行き場のない雨水が容赦なく6年生たちの足元をゆさぶり続けた。

打ちつける大粒の雨に勝ち、ようやく演技を終わらせて退場していく友だちの顔は、どの顔も何か大きな一つのことをやりとげたという、柔らかい晴れやかな表情だとあつしは思った。その中には、もちろん夏休みに一緒に練習をがんばった和博・弘・悟・あきらの顔もあった。

何をするのも中途半端でいいかげんなあつしだけど、今日は今までに感じたことがないほどの満足感を味わった。

山森先生はクラスでよく言う言葉、

「クラスでみんなが一つの目標に向かってがんばり抜いたその時が、学校で知識を覚えるよりも、みんなが人として大きく成長する時よ。わたしはその方がずっと大切だと思います。」

を、いつもよりはっきりとした口調で言った。

今日は、妙にこの言葉が素直に自分の心に届いたような気がした。

ふっと、山森先生の顔を見たら涙でグチョグチョになっていた。あつしはびっくりした。

先生は、子どもたちの前では涙なんか見せないものと思っていた。しかも、いつも強気の山森先生に、そんなことがあるわけないと思っていた。

この出来事をさかいに、あつしはますます山森先生を身近に感じることができるようになった。

気が付いてみると、山森先生は、何人もの女の子の頭をいっぺんに抱えてその背中をさすっていた。

その後は、あつしたちのグループのところへ来て一人一人の肩を優しくたたきながら、

「よくがんばったわね。今日は、今までで最高の出来だったわね。」

と声をかけ、最後にあつしを力いっぱい抱きかかえた。

心のどこかで、これが先生ではなくてお母さんだったらなぁ……とあつしは思っていた。

また、この場にいて実際に演技をした者でなければ味わうことのできない感動を、クラスの友だちや山森先生と一緒に、しっかりと心にきざみこむことができた。

二人の朝ご飯

あの感動的な運動会を終え、あつしも少しはいろんなことを自分からがんばれるように

なった気がしていた。クラスの団結も今まで以上にしっかりしたものになり、学校での生活も楽しくなってきていた。それでも家での生活は相変わらずいいかげんなものだった。

10月もなかば、朝夕の涼しさが肌寒さに変わってきた頃、あつしは一人で保健室に行った。

「関根先生はいますか？」

「あら、久しぶりね。あつし君。」

関根先生は、あつしの顔を見たとたん、すけるような青白い顔色におどろいた。

「どうしたの。とりあえずここのソファーで休もうよ。」

と先生はあつしをソファーに横にした。それほどあつしの顔色は悪かった。ひたいはじっとりと汗ばんで手足はつめたい。

あつしは保健室に来て安心したせいか、全てを関根先生にまかせたまま声も出せないでいた。そんなあつしに、先生は毛布をかけて足元を高めにして優しく声をかけた。

「大丈夫よ。ちょっと貧血を起こしたようだけど、少し横になればすぐに良くなるから。」

この言葉に、あつしはまたほっとした。

（具合が悪い時に一人ではない）という心強さを全身に感じていた。

5分もすると、関根先生が言った通り、だいぶ気分が良くなってきた。

「ありがとうございました。もう良くなってきたから教室に帰ります。」

とあつしは言った。でも、

「もう少し休んでいた方がいいと思うわよ。」

と、あつしの顔をのぞきこみながら関根先生は言った。

確かに、ソファーから頭を持ちあげると、まだ少しボーッとしたが、このまま保健室にいて横になっているのは、何となく気分が落ち着かなかった。まだ、ふらふらする体を、やっとの思いで支えながら、教室へと向かった。

いつものことではあったが、今日は特に頭がくらくらして、授業中の先生の話など、ほとんど理解できなかった。それでも学校での一日は何となく過ぎていった。

あつしが一番元気になるのは、給食の時間。

今、自分の生活は学校の給食がたよりだ。

この給食、6年の初めころまでは満腹になるまで何回もおかわりをすることができたのに、このごろでは何となく照れくさく、皆の目が気になって仕方がない。だから、最近は1回しかおかわりをしないことに決めていた。他に何回もおかわりをする男子は何人もいるし、だれかがからかうわけでもない。

本当は平気なのに、あつしの気持ちのうえでできなくなっただけのことだ。

山森先生は、最近のあつしの変化にとっくに気づいていた。そして、そ知らぬふりをしてあつしの器にも配りきれなかった給食を必ず入れてくれた。あつしは、先生の細やかな配慮には何も気づかないままだったが、先生が配ってくれるのを、いつも心待ちにしていた。おかげで1日1回の満足できる食事を、どうにか続けていられるのだった。

この前、あつしが保健室で休ませてもらってから1週間たった今日、月曜日、朝の8時15分ごろ。あつしはまた、

「先生～。」

と、声にならない声を出して保健室のドアを開けた。

ふり向いた関根先生は、

「どうしたの？　この前といい、今日といい、一体何があったの？」

とおどろいたように言った。

それほどあつしの顔色は悪かった。

あつしは、この前と同じソファーに、同じように体を横たえた。関根先生も同じように毛布をかけ足を高くしてくれた。

15分ほど休んだころ、関根先生は話しはじめた。

「ねえ、どう？　少しは気分良くなってきた？　どこかつらいところはない？」

「うん、ただ気分が悪かっただけだから、もう立てると思うけど、何だか動きたくなくて、もうちょっと休んでいていいですか。」

と、あつしは今の自分の体調を伝えた。

関根先生は、

「そう……この頃ちょっと調子が良くないみたいだけど、何か変わったことでもあったの。」

と、机の上を片付けながらあつしに聞いてきた。

「べつに何もないけどな。」

あつしはそう答えた。

「そう、それならいいけど。」

と、先生はそこで話題を変えた。

「ところで、あつし君、きのうの日曜日はどこにいたの。」

「えーと、駅の近くで友だちとちょっと散歩して……その後は、隣の駅の近くまで行ってきた。」

と天井を見上げながらあつしは言った。

「へえーっ。隣の駅ね。よく行くの。」

「うん、たまにね。」

「何か面白い好きなものとか、変わったものでもあるの。」

と先生は興味深げに聞いた。

「別に何をしに行くということはないけど、ただ何となくっていう感じかな。」

とあつしは伝えた。

本当にこれが自分の日常だったから、先生に聞かれても、楽しそうな話が出来なくて、何だか悪い気もした。

それでも先生は、

「へえーっ。私も時々一人で、ふらっと公園なんかを散歩するのが好きだけど、君はどんなところが好きなの。」

と聞いてきた。あつしは、

「う〜ん、やっぱり店がいっぱいあるところとか、ゲームセンターやマンガ本がたくさん置いてある本屋だね。」

と、思いつくままに答えた。

「お店ね。ウインドーショッピングは楽しいものね。でも、私はゲームセンターだけは、どうしても好きになれないわね。タバコの煙とお酒のにおい……でも、それよりいやなのは、あのうるさい音がどうしても我慢できないのよ。」

と先生は言った。

「そうかなぁ。あのうるさい音がいいけどなぁ、オレは。」

不思議そうな顔をする先生にあつしは話を続けた。

「だって、一人でシーンとしているところは……何となく……。」

この先はうまく言えずに言葉がとぎれてしまった。

「何となく……何なの？」

と先生。

「うまく言えないなぁ。ただなんとなくなんだよね。」

と、少し困ったあつしは、先生につっこまれて少し考えた。どうしてかなぁ？

あの後に、どんな言葉が入るのだろうかと。そこに続ける言葉は「ただ何となく、一人でいると寂しいから、人がたくさんいる、うるさいところの方がいいのかなぁ。」という、自分なりの結論を出した。

実際あつしは、今まで自分では意識していない寂しさを、人ごみやゲーム、大きな音でごまかしていたのかもしれないと思った。

「ところでそんな日は、ご飯はどうするの？」

と先生はまた聞いてきた。

「食べたり食べなかったりするけど、きのうの朝はちゃんと食べたから大丈夫だよ。」

とあつしは言った。

「それじゃあ、お昼ご飯は？」

と先生。

「う〜ん、昼はコーラ1本と水だったかな。オレはいつもこんな感じだよ。ついでに夜ご飯のことも話しておくけど、うどん2本。」

と、けろりと言うあつしの返事を聞いて、関根先生は突然笑い出した。

あつしは、何がそんなにおかしいのか全くわからなかった。

(オレ、そんなに変なことを言ったかな?)と不思議に思った。

(確かに昼はコーラと水だったし、夜はなべの底にはりついていたうどん2本だったし……)と自分の口にした物を思い出していた。でも、その数秒後に、あつしはなぜ先生に笑われたのか推測がついた。

(きっと先生は、オレがうどん2本と言ったのは、2杯の間違いだと思って笑ったんだな。普通はそうかもしれない)

そう思うと急に寂しく、悲しくなってきた。

そんなあつしの表情を敏感によみとった先生は、あせったように話題をかえた。

「ねえ、このごろ何時に起きているの。」

「だいたい8時ごろかな。」

「それじゃあ、朝ご飯を食べる時間がないじゃないの。」

「うん、ずっと前にも話したけど、どうせ早く起きても、ないことがほとんどだから、ぎりぎりまで寝ている方がずっといいような気がするんだよね。」

とあつしは答えた。

あつしは、自分のおなかがへるのも何とかしたいと思っているけど、こればかりは自分でどうすることもできないと、あきらめていた。

関根先生は、何とか楽しい話をしたいと思いながら、いつもあつしの体のことを気にかけていて、すぐに食事の話になってしまう。

この日、あつしは1時間目に保健室にいただけで教室にもどった。


次の日から関根先生は、あつしに何の相談もせず、あつしのために朝ご飯を用意しはじめた。とは言っても、ビスケットや牛乳、果物程度だ。いつ来るか分からないので、お弁当は作ってこられなかった。

だが、あつしと一緒にご飯を食べるチャンスは意外と早くきた。

それは、たまたま関根先生が自分で作ったパンを、給食のない土曜日に学校に持ってきた日のことだった。

10月だというのに、とても冷えこんだ朝だった。関根先生が学校に着いて保健室に入ると、あつしが勝手にストーブのスイッチを入れて、あたっていたのだ。

「あら、もう来ていたの。」

と言う先生に、

「うん。教室はまだストーブが使えないけど、保健室ならあったかいと思って。」

と、あつしはこのごろ自分を素直にさらけ出せる保健室を知って、何だか学校へ来るのが今までよりずっと楽しくなってきていた。

関根先生は、勝手にストーブをつけたあつしに、

「いい勘していわね。でも、ストーブにかじりつくほどの寒さじゃないと思うけどね。」

とさらりと言い、叱りはしなかった。

あつしは、こんな先生の言い方に、自分では意識していないところで、受け入れてもらった満足感を味わっていた。

このやりとりの中で関根先生は、あつしが今日も朝ご飯を食べていないことを感じていた。このくらいの寒さで、活発なあつしがストーブにぴったりくっつくことは考えられなかったようだ。そして、今があつしに保健室で朝ご飯を食べさせるチャンスだと思ったらしい。

「ねえ、先生、けさ時間がなくて牛乳1杯しか飲んでこなかったのよ。でも急いで来たら少し早く着いたから、わたしの持ってきたあんパンを一緒に食べない？」

とあつしをさそった。

いつも朝ご飯なんか食べないし、もしもあったとしてもたいしたことがないあつしは、あんパンと聞いただけで、口の中によだれがたまってきた。

でも、すぐに欲しがるのは恥ずかしかった。あつしがしばらく食べないでいると、先生が先にあんパンを食べはじめた。それを見たあつしも、一つ目を食べた。お店で買ったものとはちょっとちがって、パンの皮もあんこも、ぎっしりと中身がつまっているような気がした。

はじめは遠慮がちだったあつしだけど、一度食べはじめたら食欲は止めどなく、あんパン2個、牛乳1本、ゆで卵1個、みかん1個をもくもくと食べた。

あつしは食べ終わってからも、なかなか「ごちそうさま」が言えない自分に（あ～ぁ、食べなければよかったな）と、ほんの少しだけ後悔した。それでも何とかがんばって、小さい声ではあったけど、

「ごちそうさまでした。先生、あんパンすごくおいしかったよ。」

と、自分としては100点のお礼が言えた。

すると関根先生は嬉しそうな顔をして、

「よかったわ。実はあのパンわたしが作ったの。また今度一緒に食べようね。」

と言った。

あつしは、関根先生がさっきのあんパンを自分で作ったなんて、なかなか信じられなかった。パンを家で作ることができるなんて、思いもしなかったからだ。

でも、これからも、できたら作ってくれるという先生に、前に山森先生に対して感じた

時と同じような、不思議な感情が自分の中にあることに気づいた。

今夜の寝どこ

あつしはどうしても、家族とうまくやっていくことができない。毎日のように、おばあちゃんやお母さんとけんかをしている。

今日もこんなことがあった。

あつしは、3年生の頃から週に3回そろばん教室に通っている。でも、このごろは寒くて暗くなるのも早いから、あまり行きたくなくなってきていた。それよりも、ゲームセンターの中の方があたたかくて居心地がよかった。ゲームをするお金がなくても、あつしにとっては、寒い家に帰るよりは、ずっと快適な場所だった。

そこで、今日はじめてそろばん教室をさぼった。

ところが、今日にかぎって運の悪いことに、あつしのおばあちゃんは、そろばん教室の先生に、表の通りでばったりと出くわした。

おばあちゃんの方は気がつかなかったが、そろばん教室の先生は、久しぶりに会ったおばあちゃんに話しかけた。

「これは久しぶりですね、あつし君のおばあちゃん。すっかり寒くなりましたね。今日は、今まで一度も休んだことのないあつし君が来ていませんが、風邪でもひきましたか。」

とそろばんの先生は人なつこく、おばあちゃんに話しかけた。

でも、おばあちゃんは、まともに返事もしない。上目遣いで、そろばんの先生を見ただけで、あいさつもなく通りすぎた。

それよりも、あつしがそろばん教室に行かなかったということの方が気に入らない。それでなくてもお金を返さないあつしに対して、どうも腹の虫がおさまらなくて仕方がなかったのに、こんなことを聞いてしまった今日は、なおさらだ。

おばあちゃんは、あつしの帰りを家で待っていた。

夜も暗く、寒さが一段と増してきた9時頃に、あつしはいつものように家のドアを開けた。中に入ったとたん、頭のあたりに衝撃を感じるのと同時に、目の前が急に真っ暗になった。自分に何が起こったのかさえはっきりとしない。

どのくらいたっただろうか。急に目のあたりに痛みを感じた。寒さで冷えきった手を急いで痛む方の目に当てた。

その指の間から見えたものは、おばあちゃんの顔だった。

「このやろう！　金返せ！」

と、つかみかかるおばあちゃん。

「てめえ！　そろばんもさぼりやがって、いったい今までのそろばんの金はどうしたのか言ってみろ！　えっ！」

と、あつしがものを言うひまもくれないおばあちゃん。

あつしは、痛さに耐えながら、おばあちゃんの力に勝てず、とうとう家の外に押し出されてしまった。

それから、しばらくボーッと外に突っ立っていたが、自分がどういう状況にあるのかをやっと理解しはじめた。

それは、今夜も夕食を食べられないこと、もっと悪いことは寝るところもないということだ。行くところをなくしたあつしは、仕方なく近くの公園に行った。

一人で街灯の下にあるベンチにぽつんとすわった。金属製のベンチにふれている、お尻と足がどんどん冷えて、だんだんと痛さに変わっていく。

おまけに、さっきおばあちゃんに何かでなぐられた目のあたりが、ますます痛くなってきた。心なしか左目が少しぼやけて見えた。

あつしは、少しでもあたたかい、木の板でできているブランコにすわりなおした。ブランコは、キーキーと油切れの音を出しながらゆれた。そこへ、クラスの友だちらしい声が聞こえてきた。どうやら塾帰りのようだ。

あつしは急いで植え込みのかげにかくれた。こんな、みじめな姿を友だちに見られるのは、とてもいやだった。あつしは、友だちが通りすぎるのを息をころしてじっと待った。

友だちは二人。

背中に塾のカバンをしょって、ハンバーガーショップの袋を手に何か食べながら歩いていく。（うまそうだなぁ。腹へったなぁ）とあつしのいつものお決まりのパターンだ。

あつしは、二人が行ってしまうのを待って、またブランコにすわった。

ボーッと空を見上げた。明るい東京の空にも、今夜は星がよく見えた。それだけに寒さもきつい。

おなかもすいてきたあつしは、何が悲しいのか、自分でもよく分からないまま、流れる涙を止めることができなかった。

そのあと、公園のブランコを降りて、どこへともなく歩いているうちに、一番帰りたくないと思っていた家に帰って玄関ドアの前に立っていた。

そっとドアのノブをまわしてみた。

開かない。

中から鍵がかかっている。

家に入りたいけど、そのためにはみんなを起こしてしまう。

そんなことはできない。また何が起こるか分からないから……。

あつしの頭の中に、言葉にならない寂しさがあふれた。それでも寒さに勝てず、仕方なく家を一回りして入れそうなところを探してみた。やっぱりどこも開いていない。

この前入ったトイレの小窓があったが、さっきなぐられた目の痛みで、とてもせまいところをすり抜けるなんてできそうもなかった。（ちくしょう！）と思いながら、あきらめざるを得なかった。

30分以上も家の外を歩き回って、あつしが落ち着いた場所は、家の屋根が少し外にはり出しているところで、床下に子ども一人が入れるくらいのくぼみのあるところだった。

何とかそこへ入りこんだあつしは、体をまるめて膝をかかえた。

体はくたくたで身動きもできないほどなのに、眠ろうとしても、寒くて、とても眠ることはできなかった。手をこすり合わせ、その手で足先をあたためようとしたが、その手さえも冷たい風にさらされて冷えていくばかりだった。

突然、あつしは何かの気配を感じた。眠ろうとしていた時だったせいもあり、とてもびっくりした。その正体がいったい何なのか、暗がりで見えない。これ以上あけることができないほどに目を大きくあけて、気配を感じる方へ視線を動かした。

すると、どこからともなく「ミャーオ、ミャーオ」と、猫の鳴き声が聞こえてきた。だんだん近づいてくるその声は、あつしの前でぴたりと止まった。

そんなことはどうでもいいあつしは、自分の体をまるめて、くぼみの中へしずめこませた。

　だが、その猫は全くそこから動こうともせず、鳴き続けている。どうやらこのくぼみは、その猫の寝床だったらしい。

「そうか。ここはおまえのねぐらだったのか、悪いことしたな。」

「ミャーオ。」

「今日、オレ、家に入れねぇから、ここにいてもいいだろう。」

「ミャーオ。」

　まるであつしの言葉に返事をしているように鳴く。

「おまえは野良猫か？　親はいねぇのか？」

　夜の暗がりの中、よく見ると後ろの方に小さな猫が3匹いた。

「なんだ、おまえ、母ちゃんかよ。えらいなぁ。猫だっていうのにオレの母ちゃんより、よっぽどましだな。」

　あつしは、その親猫を抱き寄せた。そして、野良猫には似つかわしくない、なめらかな顔にそっと頬ずりをした。

　その時、親猫のごつごつとした骨の感触があつしの頬に伝わった。それと同時に、訳の分からないいらだちがあつしをおそってきた。自分の回りにある全てのものをこわしたい。そんな気持ちを抑えるのがとても大変だった。

「猫だって、自分がこんなにやせてしまっても、一生懸命子猫を育てているっていうのに、オレの親たちは何だ！　自分だけ腹いっぱい食って、家の中であたたかい布団で寝ていやがる。親父も親父だ。ある日突然消えやがって、てめぇだけ一人で楽しんでいるんだろうよ。いつかきっと仕返しをしてやる！　覚えていろよ！」

これが、あつしが今自覚できる気持ちだった。

あつしは抱えていた親猫を下へ降ろした。

待っていたように3匹の子猫が親猫の体に寄りそって、4匹の猫がまるで1匹の大きな猫のように見えた。

また、たとえ相手が猫だとしても、一人ではなくなったことがとても嬉しかったし、自分の心に寄りそってくれる猫がありがたく感じた。

この夜、あつしは4匹の猫を膝にかかえて眠った。一人で寝るより、体も心もとてもあたたかだった。

あつしの選択

翌日、あつしがほこりだらけの服をはたいて床下から出てきたのは、9時を少しすぎたころだった。

晴れた日だといっても11月。野宿は、やせ細っているあつしにはかなりこたえた。つらくて寒い夜を一緒にすごした親猫は、子猫３匹におおいかぶさるように、朝の陽だまりの中でまだ眠っていた。

11時ごろになってあつしはやっとの思いで動きはじめた。この時間に自分が行けるところといえば学校しかなかった。

足をつくたびに左側の頭にビンビンと響くような痛みを感じるとともに、いつもとは違うお日様のまぶしさを感じた。

今までは学校に着いてもできるだけ人に見つからないようにしていたが、今日は、早くだれかが自分を見つけてくれたらいいなと思った。それほど自分でもつらかった。

その思いが通じるように、学校に着くと保健室から関根先生が出てきた。

「どうしたのその顔！」

が先生の第一声だった。あまりの驚きようの先生を見て、あつしの方がびっくりした。

そして保健室の鏡で自分の顔を見て、もっとびっくりした。

あつしはその場に立ったまま、しばらくだれとも分からぬ顔を見て、信じがたい気持ちでいた。まるで、テレビや本で見る「ばけものの顔」そのものだった。

関根先生は、ホワッとあたたかいぬれタオルであつしのほこりだらけの顔を、そーっと、そーっと拭きながら聞いてきた。

「ねえ、こんなにひどく腫れて内出血もしているけど、どうしたの？」

「暗がりを歩いていて、何かにつまずいて、ころんだ拍子に道路にあった硬いものにぶつけたと思う。」

と、あつしはとっさにごまかした。

なかなかうまい話が作れたとあつしは思った。その話にどうしても納得のいかない関根先生。

「本当？　ころんでぶつけたにしては、ここ以外にどこにもすり傷や痛いところがないのはちょっと変よ！　だれかになぐられたとしかわたしには考えられないけど、どうなの？」

と、いつになくずばずば言ってくる先生に、あつしはだんだん力なくうなだれ、きのうの夜の出来事を先生に伝えた。

話を聞き終えた関根先生は、

「そう、そんなことがあったのね。つらかったわね。」

と、あつしの両頬にそっと手を当てながら言った。

あつしは、きのうの夜の自分とおばあちゃんの様子を思いうかべると、何だか急に自分がみじめで、あわれなように思えてきた。

（自分だけが、どうしてこんな目に遭わなければならないのだろうか）と思うと、とても悲しく、どうしていいのか分からなくなった。何も話したくないし動く気力もなくなって、保健室のソファーに体をあずけていた。

そんなあつしを前にして、関根先生はぽつりと言った。

「ねぇ、あつし君、君は今の家で安心して暮らしていけそう？　例えば、親のいない子どもたちが生活していけるような所に行ってみる気はない？」

あつしは、関根先生が何を言っているのか理解できずポカーンとしていた。

するとまた先生は話しはじめた。

「つまり、あつし君が今の家で生活していくのは、ちょっと大変じゃないかなと思ったの。だから、食事や洗濯、お風呂、その他の日常の生活の世話をしてくれる、保育園にたとえたら保育士さんのような人がいる家に引っ越した方がいいのかな。その方が君がのびのびと生活できるかなと思ったの。」

突然そんなことを言われても、あつしには返事をするだけの心の準備が何もなかった。だから、ただ黙って聞いていることしかできなかった。

すると関根先生は、

「そうよね。急にこんなこと言われたって困っちゃうよね。でもね、君のことを真剣に考えれば考えるほど、私は引っ越した方がいいと思うのよ。」

と言った。

あつしは、体中の痛さと気分の悪さから関根先生の話の勢いに負けていた。そして自分でも（先生の言う通りかもしれない。いや、その通りだ！）と思いこんでいった。

気づいた時には、自分が引っ越すことについて、先生たちと親が一緒に話し合うことにＯＫしていた。

関根先生は、このことを担任に話し、担任は校長に話すというように、とんとん拍子に話が進んでいった。

母親とおばあちゃんは、やっかい者がいなくなると思い、あつしが思っていた通り、二つ返事で賛成した。そして二人は仕事の都合をつけて、明日には学校に来るということまで決まっていった。

このころになって、あつしは引っ越すということがどういうことなのか落ち着いて考えはじめた。今までは周りの大人の一方的な考えに押し切られて、ゆっくり考える暇さえなかった。というより、自分の心と体にそんな余力がなかった。

次の日の昼休みにお母さん、おばあちゃん、あつし、校長先生、山森先生、関根先生の6人で話し合いが始まった。

まずは校長先生が話し始めた。

「今日は、あつし君のことでお話があります。きのう、すでに担任から大まかなことは聞いていると思いますが……。」

するると、話を続けようとした校長先生の言葉をさえぎり、大きな声が校長室に響いた。

「ああ、きのう先生から聞いたよ。この野郎をどこかに入れてくれるって。」

とおばあちゃん。

「ちょっと勘違いなさらないでください。『どこかに入れる』ではなく『どうしましょうか』とご相談のお話をしたはずですが。あくまでも、お家の方や特にあつし君本人の気持ちが大切だとお話ししたつもりですが、お分かりいただけますか。」

と山森先生があわてて言った。

「ああ、そんなことも聞いたような気がするけど、まぁ、この野郎がどう思おうと、入れてくれるんだろうね。」

とおばあちゃんの勢いは止まらない。

「うちみたいな貧乏人から金を取るようなこともないだろうし、働けるようになるまで、こいつの面倒をみてくれたら助かるしね。」

と、今度はお母さんが言った。

あつしは、みんなの話を無表情に聞いていた。そして、自分なりに考えを整理してみた。
・なぜ大人たちはオレを寮みたいなところへ引っ越しさせたがっているのだろうか。
・オレはそこへ本当に引っ越したいのだろうか。

・そこはいったいどんなところだろうか。
話の進むスピードに、あつしは自分の気持ちを見失っていた。

そんなあつしの気持ちを少しでも大切にしようと、

「ねえ、あつし君はどうしたいと思っているのか教えてくれる？」

と校長先生が言った。

「べつに……。」

と、あつしはなげやりな態度。

「『べつに……。』じゃないでしょ！　それじゃあ答えにならないでしょ。周りの人がどう思おうと、君自身の考えがあるはずでしょ。」

と関根先生がうながした。

「そんなこと言われても、そこがどんな所か分からないし、話がどんどん進んで、自分が決めているというより、先生や親が勝手に決めている感じだよ！」

と、あつしは言いはなった。

「ばかやろう！　おまえみたいな役立たず、食わしてもらえるだけでもありがたいと思え！　これからおまえの顔を見なくてすむと思うと、こんなにいいことはないね！」

とおばあちゃんが吐き捨てるように言う。

上目遣いでおばあちゃんをにらみつけることが、あつしにできる最大限の抵抗だった。

あつしは、この話し合いに同席しているのが自分の家族でなければ、どんなにいいかと考えていた。小学校に入ってから今まで、家族に恵まれない分、担任の先生にはいつもあたたかく接してもらっていた。その中で育った心は、この家族から与えられたものとは明らかに違っていた。

あつしは、この家族を、少し離れたところから客観的に見ることができる力もついていた。今、自分の目の前にいる二人がお母さんとおばあちゃんだなんて恥ずかしかったし、なさけなかった。すぐにでも消えて、いなくなったらいいと思った。

今日あつしが決めたこと。

それは「寮みたいなところへの引っ越しはしない」ということ。

学校の先生たちが自分のことを心配して、寮みたいなところへ引っ越しさせようとしていること、その方が今の生活よりはるかに良くなることは分かっていた。

でも、自分の気持ちの整理がつかないままにしておくことはいやだった。

また、あつしは心ひそかに、お母さんとおばあちゃんへの仕返しを考えていた。

（このまま、あいつらの思うつぼにはならない！）と。（今までこのオレにしてきた以上のことをしてやる！）と。

今日の話し合いは、あつしの気持ちが整理できた以外、何も変わらなかった。

この日から、担任の先生や保健の先生は、あつしを呼んでは説得を続けた。

それに加え、この頃はスクールカウンセラーという人が学校にいて、あつしたちの希望があれば相談できるようになっていた。幸いできたばかりのシステムで、あつし以外の面接希望者はなく、週に1回の面談相談を一人で受けていた。

そのカウンセラーと話をするようになって、あつしがどう変わっていくか、担任や校長先生はいつも気にしていた。それよりも、カウンセラーと話すことで、あつしの気持ちを施設に入りたいと変えさせて欲しいとまで考えていた。

しかし、カウンセラーの先生は、そんな考えとは違い、あつしの本当の気持ちを整理させることの方が重要なことと考えていた。

あつしも、今までの先生たちとは違うカウンセラーの先生の対応で、自分の気持ちを少しずつ整理することができていた。

もちろん施設での食事、洗濯、お小遣い、外出、お風呂、面会、友だち、寮母さんについてなど、細かすぎると思えるほど具体的にわかりやすく話してくれた。それればかりか、半日時間をとって見学にも連れていってくれた。

だが、いつになってもあつしは首をたてには振らなかった。母親とおばあちゃんが楽になるのを、どうしても許すことができなかった。

1か月の間に何度もされた面接にも、あつしの気持ちが変わることはなく、とうとう施設への引っ越しはしないことになった。

このことは、担任をはじめ校長、一番は家族をがっかりさせたが、あつしにとっては、十分考えた末の結果だった。

お餅

多くの子どもたちが楽しみにしていた冬休みも明日で終わる。

あつしには特別なことは何も起こらなかった。

クリスマスプレゼントは、保育園に通っている弟が、クリスマス会でもらってきたお菓子があるだけだった。しかも当然なことだが、そのお菓子は弟のものだから自分のところにまわってくるはずもない。力ずくで取り上げることは簡単だが、うらやましいとも思わない自分がどこかにいて、どうでもよかった。毎日の生活の中で、何かを欲しいという気持ちをだれかに伝えることなく、あたりまえのように抑えこむことも日常のことだった。

たった一つの心残りは、大好きなお餅を、まだ一つも食べていないことだ。

「ちくしょう！　明日で冬休みも終わりだっていうのに……。」

と言いながら、道にころがっている小石を思いきりけった。

町内会の餅つきの日に、体調をくずして年に一度のチャンスをのがした悔しさを、その小石にこめていた。

そんな気持ちを引きずりながら迎えた3学期。そんなこととは全く気づかない山森先生は、あつしに聞いた。

「ねぇ、お正月にお餅食べた?」

あつしにとっては、あまりにも残酷な質問だった。淋しさをつのらせるのに十分すぎる言葉だった。

あつしは返事もせずに目をそらした。触れられたくない心の傷に、突然触れられ、怒りを感じる前にひどく動揺した。

本当に大好きなお餅、だれでもお正月にはあきるほど食べることができるのに、それを食べていないというのは、どうしてもあつしの自尊心が許さなかった。動揺した心がイライラとなり、次第に怒りへと変わっていった。

だれに対しての怒りなのだろうか? 自分でもこの気持ちをどこへぶつけたらいいのか分からないでいた。

何とはなしに山森先生の顔を見たあつしだった。先生はいつもとは違う困った、淋しい、悲しい顔をしていた。

でも、その中に自分の全てを理解し、丸ごと包んでくれる優しさがあることに、あつしは気づいた。

そんなあつしの耳に「お餅」という言葉が、また聞こえてきた。（聞きたくない！）という気持ちがある反面、頭の中からぬぐいさることのできない言葉でもあった。

山森先生の言葉に気のない返事をしながら、途中から顔の表情が自分でも分かるほど、だんだんと柔らかくなってきた。なぜなら、山森先生はあつしにこんなことを言ったのだ。

「ねぇ、今日お餅を持ってきたから、一緒に食べようよ。のり巻きでも、あべかわでもいいよ。」

これを聞いたあつしは、今までのどんよりした気持ちも一気に晴れ、遠慮することも忘れ、

「うん。ほんと？　それで何時にどこで！」

と、先生の顔をのぞき込むように聞いた。

「そうね。この前カフェオレを作って飲んだ保健室はどうかしらね。」

と先生。

そう言われてあつしは、あのホワッとあたたかく、柔らかな甘い飲み物を思い起こしていた。

今回はそれよりも好きなお餅だと思うと、もう早く食べたくて、小さな子どもが母親にせがみたくなるような心境だった。約束は、12時45分に保健室に行くことになった。

帰りの学級会が終わったのは12時20分。

それからの25分を、どうやって過ごそうかとあつしは途方にくれた。お餅を待つには、あまりにも長い時間のように思えた。

それでも、なかなか家に帰ろうとしない友だちと遊んでいたら、思ったより早く時間がすぎていった。今までの気持ちとは逆にあつしはあせった。

（約束の時間まで、あと5分しかない。急に遊びを止めたら変に思われるかな？ オレ一人で保健室へ行くっていうのも……）と思うと、どうしたらいいのかまた分からなくなった。

そこへタイミングよく、保健の関根先生が廊下を通り、

「あつし君、山森先生が呼んでいらしたわよ。保健室で待っているって。」

と言った。

「あつし、お前……また何かしたのか？ 今日は3学期が始まったばかりだぞ！ 先に帰るからな。」

と言い残し、友だちは帰ってしまった。

あつしは、ほっと胸をなでおろした。何と言われようと、自分一人になれたことが嬉しかった。友だちが校門から出ていく後ろ姿を見とどけると、足早に保健室に向かった。

保健室のドアは閉まっていた。あつしは、軽くノックをしてからそのドアを開けた。

以前のホワッと甘い香りとは違い、今日は、おしょうゆのこげる臭いと、のりの香りが

部屋にただよっていた。

　山森先生は、あつしが入って来たことに気づくと、おいでおいでと手招きをした。あつしは、その香りと先生の笑顔に吸い寄せられるように歩いて行った。

　そして、

「あ～ぁ、いいにおいだ。オレ腹がへっているから、においまでうまい感じだね。」

　と言った。その言葉を聞きながら、山森先生はにこにこしている。

　あつしは、冬休み中の自分の生活がどんなにつまらなくて、みじめなものだったか思い出していた。でも、ここでそんな話をしても、どうにもならないことは今までの経験からよく分かっていた。だから、あえて楽しい明るい話題を探し始めた。

「先生！　オレお餅大好きだよ！　今年はまだ一つも食べていないから、誘われた時には、すごく嬉しかったよ。」

　と、心の中の気持ちを素直に話した。

「それはよかったわ。君がそんなに喜んでくれれば、先生もお餅を持ってきたかいがあったわね。今日は、いそべ焼きの他に、きな粉とあんこもあるから、たくさん食べてね。」

　と先生。

「うん。」

　と返事をした後、また続けた。

「全種類食べていいの？」

「いいのよ。君に食べさせてあげたいと思って持ってきたのだから。」

「ありがとう！　いただきます。」

この日、この時、あつしはとても幸せな気分だった。冬休みの淋しさやみじめさも忘れ、心の中にポッカリとあいた穴を、十分にうめることができる出来事だった。

湯たんぽ

テレビのニュースでは、インフルエンザの流行の話題が放送され始めた。学校でも低学年の子が、ポツリポツリとインフルエンザで出席停止になっていた。

でも、高学年ともなると小さな子どもたちよりも抵抗力があるのか、風邪気味という人もほとんど見あたらないほど元気だ。あつしのクラスも、毎日のように休み時間や放課後に校庭でドッジボールを楽しんでいる。

ここ数日は、欠席ゼロが続いている。

しかし、それから2週間後の月曜日、関根先生が学校中をバタバタと走りまわっていた。

どうしたのかと思ったら、どうやら2年生の1クラスが、高熱で28人中8人欠席、二人ほど具合が悪く、早退をするらしいといううわさが伝わってきた。

それに加えて、他の学年でも欠席者や早退者が出ていて、学校中の欠席者数は35人を超えてしまったということだった。

今までに、学校閉鎖など経験のない子や、今とりあえず元気な子たちは、この学校をあげての騒ぎを楽しんでいる様子も見受けられた。あつしのクラスでも同じだった。6年生はほとんどが元気で、本当に他人事で騒ぎを楽しんでいた。

しかし、その3日後くらいから妹や弟のいる6年生が、ポツリ、ポツリとインフルエンザという病名がついて欠席しはじめた。

あつしのクラスも欠席が3人になった。

もちろん、みんな出席停止のインフルエンザだ。幸いあつしは元気だった。

給食はお休みがいるおかげで、いつもより多くおかわりがあるし、別に困ったことは何も起こっていなかった。

ただ、保健の関根先生だけが毎日のように足早に廊下を歩き、飛び入りでお昼の放送でインフルエンザや風邪の予防についての話をしていた。こんなことを続けているうちに、だんだんと欠席者も減り、学校全体の欠席者数も20人以下になった。

そして、暦の上ではもう春という立春。それでも一年のうちで一番寒いころ、学校ではいつもと同じ時間が流れていた。

午前中の授業も終わり、給食時間が始まろうとしていた。

あつしのクラスでも給食当番がいつものように準備を終え食事が始まった。

今日のメニューは、みんなの大好きなカレーだ。この学校のカレーは、インスタントのルーを使わず、いろいろなスパイスを油で炒めることから始める本格的なものだから、特に評判が良く残すクラスは全くない。それほどおいしいカレーだ。

ところがこの日、あつしはカレーを食べる気がしなかった。どうしたのだろうと、あつしの異変に気づいた男の子が言った。

「あつし、食わないのか？　こんなに美味いカレーなんて、お前は学校で食わなかったら、なかなかお目にかかれないぞ！」

いつものあつしだったら、こんなことを言われる前に、とっくに食べ始めている。

今日は、苦笑いするだけだ。からかった男の子も、あつしの力のない反応が少し心配になったらしい。

「どうかしたんじゃないのか、あつし。熱でもあるかもよ。」

と顔をのぞきこんだ。

この言葉にもたいした反応もせずだまっているあつし。

一緒に食事をしていた山森先生も、さっきから様子を見ていたが、いつもとは違うあつしの横に来て額に手を当てた。

「あら、ひどい熱じゃない。すぐ保健室に行きましょう。」

と言い、あつしの腕を持ち、引きずるように運んでいった。

当の本人は、その流れに逆らう元気もなく、されるがままに保健室に連れて行かれ、ベッドに寝かされた。

山森先生はテキパキと必要なことをすると、

「これから関根先生に連絡してくるから、ここで待っているのよ。いいわね。」

と言い残すと、返事も聞かずに行ってしまった。

2、3分後、山森先生は関根先生と一緒にもどってきた。

先生は教室での様子を伝えると、体温計を持ってきた。二人の間で、どんな話がされたのか、熱でもうろうとしているあつしには、全く分からなかった。ただ、体温を測らなければいけないことだけは理解できた。

言われるまま、されるままに体温を測った。その体温計を見た山森先生は、

「大変！　関根先生！　39度6分もある！」

と言った。

それを聞いたあつしだったが、その熱が大変なことなのかどうかを考える気力を失っていた。それよりも、ただただ寒くてふるえていた。

山森先生は、とりあえず保護者に連絡を取らなければと思い、家に電話をした。でも、

仕事に出ているおばあちゃんとお母さんに、連絡がつくはずもなかった。職場の電話番号の届けも、学校にはされていないので、そこから先の対応はできなかった。あつしは、まだ寒い寒いと言ってふるえ続け、だんご虫のようにまるまっていた。

関根先生はもう一度あつしの様子を見ると、

「そうだ、湯たんぽを入れてあげようね。」

と言った。

あつしは（湯たんぽ？　何だよそれ？）と、湯たんぽがどんなものなのか分からなかった。（確か、ずっと前に聞いたことがあったような気はするけれど……）と熱にうかされた頭で考えていた。

しばらくすると、だれかが何かを、自分の寝ているベッドの足の方に入れた。最初、足に触れた時は堅い何かのかたまりのような気がした。でも、5分としないうちにその堅いかたまりは、お日様のような柔らかなにおいのする、あたたかなものに変わっていった。手足が冷えて、ふるえているあつしにとって、この上ないものだった。

あつしは、この時、初めて湯たんぽが何なのかを、はっきりと理解することができた。やっと寒気がおさまってきたところで、2回目の体温測定をされていた。だれに何をされようと、どうでもいいくらい意識がもうろうとしていた。

遠くの方でだれかが何か言っているような気がしていた。

山森先生は、「40度3分です。」と関根先生に報告していた。

これを聞いた関根先生は次の手だてを考えた。こんな高熱にもかかわらず親にも連絡の取れない子を、このままにしておくことはできないと思い、教頭先生や山森先生と相談して、校医さんに診てもらおうと考えた。もちろんあつしに決められるわけもなく、言われるままにするしかなかった。

あつしに理解できたことは、
・何だかわからないが高熱があること。
・親に連絡が取れないので、早退もできないこと。
・校医さんに診てもらうらしいこと。
これ以上のことは何も分からなかった。

どうやら関根先生は校医さんに電話をしている様子だ。あつしの耳にも、ところどころ聞こえてきた。

細かなことは分からないが、校医さんがこれからここに来てくれるということを、関根先生から聞いた。

あつしは考えた。

（校医さんがここへ来る？）

（普通は、病人が病院に行って診てもらうのに……）

（でも、確かにオレ動けないかも。まぁ、どうでもいいや）と。

それからしばらくして、学校医の中村先生が聴診器を首にひっかけ、サンダルで校庭を横切って保健室に入ってきた。着くとすぐに診察を始めた。その結果、「どうやらあつし君はインフルエンザでしょう」との声が聞こえた。

中村先生は、家に帰ってからの注意を山森先生と関根先生に伝えると、飲み薬の処方せんを書いてくれて、後で病院に取りにくるようにと指示を出して帰って行った。

普通なら、これで一安心ということになるが、あつしの場合はそう簡単に解決しなかった。

まさか、インフルエンザと診断がついたあつしが、このまま学校にいることはできない。でも、この状態で早退させることはもっと無理であるのと同時に、体への負担が大きすぎると先生たちは思った。

結局は、家の人が仕事から帰ったのを確認してから、担任の先生があつしを家まで送っていくことになった。

その後あつしは、高熱のせいか保健室のベッドで昏々と眠り続けた。

時計の針が4時半を過ぎたころ、山森先生はあつしの家に電話をした。

何とかつながった。

「もしもし、市村さんのお宅ですか？」

と山森先生。

「そうだけど、あんたはだれ？」

とおばあちゃんが出た。

「実は、あつし君が、とても高い熱で学校の保健室で休んでいます。先ほど校医さんに診ていただいたら、『インフルエンザでしょう。』と言われたところです。一人では帰れそうにありませんので、お迎えをお願いします。」

と先生が伝えた。

「あたしは迎えになんか行かれないよ。それでなくても保育園の迎えに行って来たばかりで、もうくたくたなんだよ。一人で帰してくれればいいから。」

とおばあちゃん。

「でも、熱が40度を超えていますから、それは無理です。」

意識の遠くの方でこの会話をぼんやりと聞いていたあつしは、

「先生、一人で帰れるよ。」

とベッドに体を起こした。体中の筋肉や関節に何とも言えぬ痛みを感じながら、ふらつく体をやっとの思いで支えた。

でも先生は、

「そんなの無理よ。どうしてもだめなら、わたしが送ってあげるから大丈夫よ。」

と言った。

本当は、あつしは別のことを期待していた。「今日は、家に帰らないで一緒に学校に泊まろうか。」なんて、こんなことを勝手に考えていた。無理だと分かってはいても……。

あたりが真っ暗になった頃、関根先生があつあつのスープたっぷりのお粥と病院からの薬を持ってきた。そして、

「さぁ、少しでもいいから何か口に入れて、元気をつけようね。食べられるだけでいいからね。」

と、座っているあつしの横に置いた。せっかく用意してくれたお粥だったが、40度を超えている体には、スープを少し飲むのが精いっぱいだった。それからは、やっとの思いで食後の薬を飲んだ。

家に帰りたくないと思っていたあつしだったが、ここにいるわけにもいかず、帰り支度を始めた。

山森先生が支度を手伝いながら、

「明日の朝、君の家に行ってあげるから、心配しなくても大丈夫よ。」

と言ったので、あつしはほっとした。

家に帰ったって、ここにいるような世話はだれもしてくれない。寝るための布団だって、満足にあるとは言えない。寒さだって心配だ。そう考えると、あつしはやっぱり心細くな

った。

家には、関根先生と山森先生の二人が送ってくれた。

家に着いたあつしは、やっとの思いで歩いてきたせいもあって、家の戸を開ける元気も残っていなかった。

関根先生が「ごめんください。」と声をかけ、山森先生が玄関のドアノブを回した。

中からは、お母さんが顔を出し、

「何の用だい今日は！」

とあつしの顔をにらみつけながら言った。

「お母さん、あつし君は、今40度以上も熱があって具合が悪いのです。とりあえず校医さんから薬をいただいてきたので、ゆっくり休ませてあげてください。どうやらインフルエンザのようですが……。」

と山森先生が言った。

これを聞いて、奥からおばあちゃんが出てきた。

「何だって、インフルエンザ！　どこの医者だか知らねえけど、そんなやつを家に帰して来たって、面倒で困るだけだよ。どうして病院に泊めてくれないのかね。」

あつしは、こんな言葉をあびせかけられながらも、ふらふらと歩いて、いつも自分が寝ている布団に、体をあずけていた。

二人の先生が何を話していつ帰ったかも気づかなかった。
それから何時間したのだろうか、手足の冷たさ、体にしみる寒さに目が覚めた。
あつしは、記憶の中のあたたかいお日様のかたまりを足でさぐってみた。
(あれ? ないなぁ。どこだろう? 届かないなぁ)
と、冷えきった布団の中で足を動かし、よけいに冷たくなった足を抱えて我に返った。
そして、
(あぁ、ここはオレの家だよな。湯たんぽなんてあるわけないよな)
と現実を受け入れるしかなかった。
でも、そう思うと、ますます湯たんぽが恋しくなった。

卒業式

6年生の3月ともなると、気持ちが落ち着かず、どことなくふわふわとした感じになるものだが、あつしは例外だった。

時にはけんかをする友だちがほとんどだが、だれもがよく理解してくれている。この仲間たちと別れることがとても不安でたまらなかった。

この小学校からの卒業生の多くは、第一中学に行くが、あつしの住んでいる所は、道路を1本渡っただけのことで学区域が変わり、別の中学校に行かなければならなかった。道路1本のために、何で自分がこんな目に遭わなければならないのかと思うと、あつしはくやしくて仕方がなかった。

でも、いくらあつしがそう思ったところで、状況が変わるわけではない。卒業の日が刻々と迫り、友だちとの別れの日が近づくことは止まらない。

毎日のように卒業式の練習が続く。呼びかけ・歌・証書の受け取り方・歩き方・おじぎの仕方など、多くの時間を使い、みんなが立派な卒業式を作りあげようと一生懸命だった。この学校の卒業式では、子どもたち一人一人が、小学校での思い出や将来の夢をみんなの前で発表するのが一つの特徴だった。一人80字以内で考えてくることになっていた。どの子も期待と不安を抱えながら、この80文字を必死に考えている様子だった。

あつしのことを何気なくかばってくれていた八百屋の貴志は「ぼくの一番の思い出は、移動教室です。先生方にしかられながらも、夜遅くまで友だちとふざけていたのは、今は良い思い出です。将来は家の後をついで八百屋になります。」と。また、ある女の子は「私は、ピアノが大好きなので、プロのピアニストになりたいです。これからも一生懸命練習して、自分の夢をかなえたいです。お父さんお母さん、わたしのためにステキなピアノをありがとう。」と。多くの友だちは、あつしにはとても思いつかない、そして言葉にしては言えない親への感謝の気持ちを、この言葉の中にこめていた。

あつしは、友だちの言葉が次々と決まっていく中で、まだ何も考えていなかった。いや、考えたくないと言う方が正しいかもしれない。

あつしは、自分の発表する言葉が決まるということは、それだけ卒業に近づいてしまうような気がして、どうしても考えたくなかったのだ。

山森先生は、全員の言葉を決めることに気を遣っているので、そんなあつしを見て、その心の奥にある不安や寂しさにうすうす気づいてはいたが、声をかけられずにいた。

山森先生に催促されるたびに、あつしは「まだ思いつきません。」「何を言うか決まっていません。」と時間のばしをしていた。

そんなあつしの時間のばしも、とうとう限界となり、考えざるを得ない状況となった。

あつしは、仕方なく考え始めた。でも、他の多くの友だちのように、家族に対しての言葉など、とても考えつかないばかりか思い出せるのはつらいことばかりだった。

まして、将来の夢なんて、自分の世界の中には存在しないものだった。

それでも何か言わなければならないので「ぼくは、6年生の運動会で踊った御神楽が一番心に残っています。中学校へ行っても友だちとがんばったことを忘れないで、勉強も一生懸命やりたいと思います。」と無難にまとめた。

最後まで決まらなかったあつしの言葉が出来上がって、山森先生は一安心した。

卒業式まで残すところ1週間ほどになると、女の子たちはその日に着る服のことで、話がもちきりとなっていた。山森先生も、式そのものの心配と並行して、あつしにどの服を着せようかと、母親のように心を砕いていた。

あつしはと言えば、ただただ成り行きに身をまかせ何も考えてはいなかった。

考えれば考えるほど寂しさが増すことなど、考えない方がいいに決まっていると思っていた。それでも卒業式の日は容赦なく迫ってくる。

そして、いよいよその当日を迎えた。

あつしの心とは全く似つかない一日の始まりだ。

いつもと変わらぬ時を過ごし、抱えきれないほどの寂しさを持って、この特別な日に見送る人もいない家を音もたてずに、家のドアをすり抜けて出てきた。

通りの向こう側には、隣のクラスの女の子二人が、おめかしをして何やら楽しげな様子。あつしはうらやましいと思うこともなく、その二人と並行して学校へと向かい、10分ほどで校門に着いた。

ここにもピンクと白のお花紙できれいに縁取りされた卒業式用の立て看板が、朝の陽にまぶしく光り、日常とはちがう特別な雰囲気をかもし出していた。

あつしは、卒業式を連想させる多くのものを、できるだけ自分の目に入れないように気をつけて教室へと向かった。

いつも6年生が教室に行くために通る廊下には、在校生がお祝いの言葉を書いたカードがたくさん貼ってあったので、わざわざ別の階段と廊下を使った。

そうすることで、あつしは寂しさから必死にのがれようとしていたのかもしれない。

それでも、一歩一歩足を動かしているうちに、とうとう教室に着いてしまった。

そこはあつしにとって、もっともっとつらい場所だった。なぜなら、クラスの黒板には、きのうまではなかった「卒業おめでとう!!」の文字が大きく書かれ、教室に集まっている友だちの顔はかがやいていた。

それを見ているあつしの口からは、浅い小さなため息が一つもれた。

(今、自分の目の前で起きていることが夢であったらいいのに……)と、心の底から思っていた。

8時半を過ぎたころだろうか、女の子たちがにぎやかにおしゃべりをしているところに、PTAのお母さんたちが、3人教室に入ってきた。手には赤いバラのコサージュを入れたかごを持っていた。

お母さんの一人が、

「皆さん、今日は、ご卒業おめでとうございます。お祝いの気持ちをこめて、皆さんの左胸にコサージュを着けさせていただきますね。」

と言った。

教室では男女別に1列に並び、お母さんたちにコサージュを着けてもらい、だれもがさっきより見た目がはなやかになっていった。

でも、あつしの気分はそれとは逆に沈んでいくばかりだった。あつしの気持ちは置き去りにされ、卒業式の開始時間に近づいていく。

流れ作業のように皆で廊下に並び、体育館へ移動。会場への入場も数限りなく練習したとおり、体が覚えていた。校長先生のお話、来賓の方の祝辞、5、6年生による呼びかけも終わり、あつしが一番やりたくなかった、卒業にあたっての自分たちの思いを発表する時間になった。

あつしは、式の中で発表する内容は、何度も練習させられていたので、すっかり覚えていたが、何だか急に自分が本当に伝えたいことはそれとは違うことのように思えてきた。（どうしよう‼）と思う気持ちも少しはあったが、思いきって別の言葉に変えることにした。

具体的に何をどう話すかなんて、今まで急に変えたことがなかったので、うまく話せる自信なんて全くなかった。でも、このまま上べだけのあたりさわりのない言葉を並べても、本当の自分ではないように思えた。

こんなことを頭の中でぐるぐると考えているうちに、自分のひとり前の男子が発表していた。不思議とあつしは落ち着いていた。

次に「市村あつし」と呼ばれ、「はい。」と歯切れ良く返事をしたあつしは、発表の壇上に立った。

「今日、ぼくのお父さんもお母さんも来ていません。淋しいとは思っていません。この小学校の6年間にはいろんなことがありました。楽しいこともあったけど、つらく悲しいことの方が多かったと思っています。その度にたくさんの大人の人、先生、友だちに迷惑をかけながらも、その全ての人に助けられて今日の卒業式に出ることができました。これから先、自分がどうなっていくのか考えると、不安でいっぱいで本当は卒業したくありません。でも、今日、今まで皆に伝えられなかった感謝の気持ちと自分の正直な気持ちを話せて良かったです。ありがとうございました。」

としめくくった。

この時あつしは、80文字制限でまとめる必要があることなどすっかり頭の中から抜けていた。それよりも、本当の自分という人間としての心をみんなに分かってもらいたくて、結果的に他の人の倍くらいの時間がかかってしまった。

あつしのこの長めの言葉によって、卒業式の会場の雰囲気が大きく変わり、そこに出席している全ての人の心も大きく揺れたように感じられた。なぜなら、多くの大人は瞳をうるませ、目頭にハンカチを当てている人が何人もいたからだ。

山森先生も突然の出来事に、現実に何が起きているのかを受け止めるのに少し時間がかかったが、その後は、だれよりも涙をぬぐっていた。


やがて卒業式が終わり、6年生は皆に見送られて体育館から教室に戻った。

クラスの友だちの中には、あつしの言葉に関心を持った子もいたけど、ほとんどが自分の卒業式の思い出の時間をすごすことを楽しんでいた。

そんな時間もあっという間にすぎていき、校庭での送り出しの時間になった。

それぞれのクラスの先生を先頭に校舎から出ていき、思い思いの友だちや先生と写真をとったりと、名残惜しい時間を共にしていた。

あつしは、特にそんな相手もなく一人で帰ろうとしていたら、校長先生が小走りに寄ってきた。次の瞬間、校長先生にぎゅっと肩を抱かれ、

「君の発表、すばらしかったわね。山森先生に聞いたら、事前に決めていた内容とは全くちがうと言っていたけれど、この6年間での君の成長がつまっている発表だったと思うわよ。」

と、とても嬉しそうだった。

山森先生は、

「あの時、君が何を言い出すのかとびっくりしたけど、わたしの予想とは違って、よく整

理されたステキな話だったわよ。」

と言った。

あつしとしては、そんなにすばらしい話をしたつもりはなかった。実際に起きたこと、そして多くの人に助けられて今の自分がいることに気がついたから、ありのままのありがとうの気持ちを伝えたくて言っただけだった。

結果として、あれほどどうでもいいと思っていた卒業式が、あつしにとっても小学校生活の思い出がつまった一ページとして付け加えられた。

新たな出発

卒業式を終え、ほとんどの友だちが中学校生活への準備をしているころ、予想通りあつしには新学期から必要になるものが何一つ用意されていなかった。自分でそろえることができるものもない。

ただただ時間だけが過ぎていった。

あつしは、小学校の卒業式が終わるまでは、自分のことしか考えてこなかったけど、最近は、ほんの少しだけ周りの人のことを考えられるようになったような気がしていた。

それにひきかえ、おばあちゃん、お母さんのあつしへの態度は今までと全く変わることなく、暴力と暴言が続いていた。

おばあちゃんからは、毎日というほど「何でおまえは施設に入らなかったんだよ！　おまえがいなければ食べさせる必要もないし……。」と言われていた。

あつしは（食べる物もろくに用意しないで、よくそんなことが言えるもんだ）と内心思ったが、言葉に出して言ったとしても、ビンタ一つで終わってしまうことも分かっていたから、無駄な力は使わなくていいように、無反応で時を過ごした。

（何でオレだけ……何でオレだけがこんな親のところに生まれたんだ！）と、だれにぶつけていいか分からない無力感に苦しんでいた。

そんな春休みに入った2日目に、小学校の山森先生から電話がかかってきた。

たまたま家にいたあつしが電話に出た。中学に向けての家での生活や、学校生活についていろいろと心配をしてくれているようだった。

でも、小学校を卒業してしまった自分に、山森先生ができることなんて何もないとあつしは思っていたし、期待もしていなかった。

それより、最近は弟のことが気になりはじめていた。弟も今年の4月から小学校に入学する予定だ。この弟に対しての入学準備も、あつしが見た限りでは何もできていないような気がした。

唯一、これかなぁ……と思うのは、いつ捨ててもおかしくないような、自分の使い古したボロボロのランドセルが、中身がからにされ名札もはずされた状態で家の片すみに置かれていたことだった。弟に、このランドセルを使わせるつもりなんだろうということは簡単に分かった。

（今は可愛いだけの弟も、少し大きくなって親に口ごたえするようになってきたら、きっとオレと同じようなことになっていくんだろうなぁ……）とあつしは漠然と思った。

いくら父親がちがうとは言っても、弟であることにちがいはない。こんな小さな弟が、小学校で自分が受けてきた親からのしうちや、友だち関係の苦労を考えると、何とかしてあげなければならない気持ちになった。

あつしには、時間だけはたっぷりあった。でも、弟の世話をできるだけのお金は持っていない。

（中学にも行かないで働くことなんてできないよな……）

生きていくために、どれだけのお金が必要かということも、他の同世代の友だちよりは、つらい経験の中からたくさん学んでいた。十分な食べ物、清潔な衣服、必要な学用品、これらのことを考えると何一つとしてあつしがしてやれることはなく、がっかりとした。

この思いは、あつしの心の中で日に日に大きな心配事となり（オレが弟を守っていかなければ……）という決意にも近い気持ちに変わっていった。

山森先生から電話をもらった翌日の3月28日、春休み中ではあったが、あつしは小学校の山森先生に電話をした。

この時期、新学期からクラスが替わる先生が多く、それに向けて教室移動や、次にそのクラスを使う先生のために大がかりな掃除や片付け物をしている先生も多くいた。山森先生も教室移動の片付けをするために、あつしが学校に電話をした9時には学校に来ていた。

あつしから学校に電話をすることは一度もなかったので、電話を受けた山森先生の第一声は、

「どうしたの？　何かあったの？」

と心配そうな声だった。

あつしは、

「ずっと前に先生たちに施設に入ったらどうかと言われた時に、『自由がないから絶対に入らない!!』と断ったけど、やっぱりオレ一人ではどうしようもなくて……。中学入学への準備は何もできていないし、入学式に着ていく服もないし……。でも、それよりもずっとずっと心配なことがあるんです。今年から小学校へ入学する弟の準備も何一つとしてできていないんです。弟までオレと同じつらい生活を送っていかなければならないとしたら、

かわいそうすぎて……オレが守っていかなければと思うんだけど、どうしたらいいかわからない。」

と、心の奥にあった不安や心配事を言葉にして伝えることができた。

「そうだったのね。先生はあつし君のことばかり気にしていたけど、弟君もいるとなると、お兄ちゃんとしてのあつし君は、本当に心配だよね。……ねえ、これから学校に来られる？　相談しよう！」

と先生は言った。

学校は春休みだが、おばあちゃんとお母さんは仕事、弟は保育園だから家にいるのはあつしだけ。どこへ行こうと何も気にせず自由気ままに動ける一日だった。

あつしは何も持たず、卒業した小学校へと急いだ。

学校に着くと、今まではきなれた学校の青いビニールのスリッパをはき、職員室へと向かった。見なれていた学校のはずなのに、この時期は新学期の準備のために多くの物や人の動きに、いつもとは違う所に来たように感じた。職員室のドアも大きく開け放されていて、中もよく見えた。

あつしが職員室の入り口近くに行き、

「おはようございます。あの……」

と言いかけた時には、山森先生が気付いて、あつしの方に歩いてきていた。

「職員室ではゆっくり話せないから、どこか別のところに行こうか？」

と、相談室というところに案内された。

山森先生は、

「あつし君は、これからの生活をどうしたいと思っているの？」

と聞いてきた。

あつしは、あんなに自由がないからいやだと断っていた施設に入りたいなんてことは、とても言いにくかったが、

「先生、正直オレは施設に入りたいとは思っていません。でも弟のことを考えると、家にいるよりは、ずっとましな生活ができるようになるんじゃないかなと思って……。前に見学に行った時に、風呂は毎日入れて、清潔な服もある。何よりも、三食の飯が何の心配もなく食べられるっていうことが、どれほど必要なことかが分かったから、弟を守りたい。あの家にいたら、オレには絶対に無理だと思うから。」

と、ありったけの勇気をふりしぼって先生に話した。

山森先生は、

「よくそこまで考えられるようになったわね。すばらしい成長だわ。とてもつらい思いをして12年も過ごしてきた君だけど、それに打ち勝とうとする勇気も行動力も持つことができてきたことを誇りに思うわ。早速、小学校、中学校の校長先生、そして施設の人、あと

一番話さなければならない、お母さんとおばあちゃんにも話をして、この計画がうまく進んで、あつし君兄弟が安心して生活できるようにしていこうね。」

と、あつしを力づけるように言った。

この後、話はとんとん拍子に進み、お母さんもおばあちゃんも二つ返事で二人が施設に入ることを承知した。

あつしは（やっぱりオレが弟を守っていこうと思ったことに間違いはなかった）と、兄という立場を認められたようで嬉しかった。

小・中学生の子どもたちにとっては宿題もほとんどなく、おだやかに過ごせるはずの春休みが、あつしと弟にとってはとてつもなく忙しい休みになった。

もちろん、あつしたち二人のために動いてくれる大人たちは、もっともっとやることがたくさんあった。

それにくらべ、お母さんとおばあちゃんは、二人の面倒は見なくてよくなるし、かかるお金も減るから……と、ウキウキして笑顔も多く、二人に対してもいつもより優しくなっていた。

よけいにそれがどうしても許せないあつしだった。

本当ならば、3月28日になって、急にあつしが施設に入りたいなんて言っても、こんなにスムーズに手続きができるなんてあり得ないことだったらしい。

あつしたちの中学校、小学校への入学準備をできるようにしてくれるためには、山森先生をはじめとして、どれだけの大人が力を貸してくれているかについて、あつしはちょっぴりではあったが分かってきていた。

家族の問題で、今まで自分がたくさんの人の助けを受けて生活してきたかを思ったら、何となくではあったが想像がついた。


4月に入って、あつしたちが入る施設が決まり、そこへ面談に行く日も決まった。

今日はそこへの面談の日。

いつもは、保護者会とか学校の行事には全くこない母親も、この日だけは仕事を休み、今までに見たことがないほどの上機嫌な顔で自分が先頭になって歩いていた。

施設に着いた。

小学校よりは小さく、ちょうど弟が通っている保育園くらいの大きさの2階建てだった。しかも、保育園の園庭とまではいかないが、広い庭といくつかの遊具もあった。その広い庭では、学校に通っていない小さな子と施設の保育士さんのような人が楽しげに笑いながら遊んでいた。

その2日後の4月5日。家から施設への引っ越しの日。

あつしは、やっとこの家から離れることができる嬉しさでウキウキしていた。

でも、弟は、いつもと表情を変えることなく泣きもしなければ笑いもしない。無表情だ。

(オレとお母さんやおばあちゃんのやり取りを毎日見ているうちに、そうすることが、自分が平穏に生活していける一番いい方法だと思っているのかもしれない)あつしはそう思うと、施設に引っ越すことにしたのは弟のためには本当に良かったと思った。

それにしても、二人の荷物はおどろくほど少なかった。確かに、電化製品や台所まわりのものがいらないということは、大きな差にはなる。弟の荷物は段ボール3個、あつしの荷物は、小学校の時に友だちの家からもらった服がたくさんあったから段ボール8個ぐらいになっていた。

たったこれだけが、親のもとで生きてきた自分たちの荷物かと思ったら、この12年間生きてきた自分の重さも軽いもののようにあつしは感じていた。

それと同時に、たった今、これからが自分と弟の生きた証をどう残していくかが大切なことだとあつしは考えた。

こんなこと、今まで一度も考えたことなかったし、いつもその時々をどううまくすり抜けていくかということだけしかしてこなかったあつしだが、弟という、自分が守るべき存在を意識するようになって大きく変わった。

施設という新しい生活に飛びこんで、弟と二人でどう生活していくのが一番良い方法か、分からないことだらけではあったけど、思い出したくもない最悪な自分の家から出られたことだけは、本当に良かった。あつしは、これからが自分たちの人生の始まりだと思うと、目の前に見える景色の色が今までとは違って見えた。

春休みはあっという間にすぎ、小学校も中学校も入学式、始業式が終わり新学期が始まった。

あつしの制服、指定の体育着もお下がりではあったが手に入り、弟のランドセルもあつしの使い古しより、はるかに良い物を使わせてもらえることになった。

小学校1年生と中学1年生では、下校時間も全くちがっていたが、夕食後から寝るまでの多くの時間を二人は一緒に過ごした。

中学生になったあつしは「弟を守る！」という、自分が12年間生きてきた中で、一番大きな重い目標を実現させるために、今までとは別人のように勉強に取り組んでいった。

それでも、あつしの小学校時代の様子を知っている相手からは、いやなことを言われることもあったが「弟のため」と思うとがまんができた。

その弟も、小学校では保育園の時とはちがう友だち関係ができ、あつしはほっとした。

施設では、今までのような自由はない。でも、一方的で暴力的な大人からのがれて、のびのびと生活できていることに満足していた。

今までの自由は、当然子どもたちが大人から与えられるべき安心した生活がない中でのものだった。それに比べ、施設での生活は集団生活なので、守らなければならないルールはいくつもあったが、衣食住の心配をすることなく生活できることのありがたさを、あつしは強く感じていた。


今日は日曜日。

学校も休み。天気も良く風もここちよく吹いている。

朝ご飯前の支度まで終わったあつしと弟は、何の不安もない時間を共に過ごしていた。

他の多くの子どもたちがいつも過ごしているような時間ではあるが、あつしたちにとっては特別な時間だった。

手をつないで園庭を歩く、遊具で遊ぶ、弟の世話をする、何をとってもあつしが生きてきた時間の中で、はじめての経験のように感じられた。(こんな時間がずっと続けばいいなぁ……)と、あつしは心の底から思った。

あつしには漠然とした夢があった。

特別に何かができるわけではないし、お金もないから、そんなに大したことはできないかもしれないと思う。

弟はまだ小さくて、どう考えているのか分からないけど、あつしは、多くの人に助けてもらって今の生活をすることができている。だから、自分も同じような子どもをできるだけ多く助けてあげたいと思うようになった。

できるかどうか分からない。でも、前に、山森先生から言われた言葉を思い出した。

「夢は叶うものではなく、叶えるもの。」

今は、この目標に向かって学校の勉強をがんばろうと思っている。

（ありがとう山森先生、関根先生。ありがとうみんな）

まぶしい空を見上げながら、あつしは大きく深呼吸をした。

あとがき

このような、ほぼ事実をもとにして書いた本が、本当に読んでもらいたい子の手元にどの程度届くのか、とっても気になります。

また、本書を読んで一歩でも前に進もうと思ってくれる子が、どれだけいるのだろうかということも同時に考えてしまいます。

歪んだ大人社会の中で、もがき苦しむ子どもたちが自分をさらけ出して、心の底から納得するまで、寄り添う覚悟のある大人がどれだけ身近に存在しているかを想像してみても、そうたいした数にはならないと思います。私自身、このような本を書いておきながら、その子が成人し、一人歩きができるようになるまで、サポートしていけるだけの体力気力が続かないであろうと、自分の力のなさを不甲斐なく思います。だから「どうする」と言われても、答えは簡単には出てきません。

これからの時代は、公的な機関が今まで以上に充実していくのを願うばかりです。そして、親が子にしてきた負の連鎖を断ち切ることができると良いのではないかと思っています。

私の娘にも3人の子供たちがいて、良いところも悪いところも、私がしてきた子育てに似ていて、「ドキッ!」とする時があります。

解決しないと次の動きに支障をきたしてしまうからだと思います。きっと祖母となった今なら、そんな言葉かけはしなかっただろうと思います。

また、本書の書き始めから発刊に至るまでたくさんの協力者がいてくださったことは、私にとって幸運でした。ありがとうございました。

せめて、この本が、今困っている方々の「心の共感」に値するものになってくれたらこんなに嬉しいことはありません。

落合　久仁子

著者プロフィール

落合 久仁子（おちあい くにこ）

1953年　東京生まれ

専門学院卒業後は大学病院の看護師、大島保健所の保健師、学校の養護教諭に従事し、現在は学校看護師として医療支援の必要な園児・児童のサポートをしている

趣味はパン作り、箏の演奏

好きな言葉は「今日、今、全力」

あつし tomorrow

2023年10月15日　初版第１刷発行

著　者　落合 久仁子

発行者　瓜谷 綱延

発行所　株式会社文芸社

〒160-0022　東京都新宿区新宿１－10－１

電話　03-5369-3060（代表）

03-5369-2299（販売）

印刷所　株式会社平河工業社

ISBN978-4-286-24476-1